悪役令嬢の取り巻きやめようと思います　1

登場人物紹介
コゼット・エーデルワイス
【名もなき取り巻きB】
前世はオバちゃん。娘がプレイしていた乙女ゲームの世界に転生した本作の主人公。バッドエンドを回避するため、まずはダイエットすることに。
シシィ
コゼット付きの侍女。お嬢様大好き。
レオンハルト・アルトリア
【攻略対象キャラ】
アルトリア王国の王太子。アンジェの出自について、コゼットと秘密を共有している。

アルフレッド・グランシール
【攻略対象キャラ】
王立アルトリア学園の教師も務める、若き侯爵。
アンジェ
【ゲームヒロイン】
平民出身の少女。どうやらコゼットと同じく転生者のようで…。
レミアス・ドランジュ
【攻略対象キャラ】
ドランジュ公爵子息。穏やかで優しい、レミーエの兄。
レミーエ・ドランジュ
【ゲームにおける悪役令嬢】
ドランジュ公爵令嬢。
レミアスの妹。
ゲオルグ・レイニード
【攻略対象キャラ】
騎士団長であるレイニード伯爵子息。趣味は鍛錬。

CONTENTS

プロローグ・イベント　激動のお茶会

「アナタ！　私の言っていることがわかっていて⁉　早くここから立ち去りなさい！」

豪奢《ごうしゃ》な金髪を見事な縦ロールに巻いた、年の割に背の高い少女が、腰に手を当てた凛々《りり》しいポーズで仁王立ちしている。

声を張り上げながら指差す先には、恐らくピンクの髪をふわふわさせた可憐《かれん》な少女が座り込んでいる。

なぜ恐らくなのかというと、私にはこの金髪縦ロール……もとい、公爵令嬢レミーエ様の後ろ姿しかみえないからだ。

私こと、伯爵令嬢コゼットは、レミーエ様の取り巻きの中でも下《した》っ端《ぱ》のほうで、彼女の取り巻き筆頭の三人の令嬢の後ろが定位置である。

このお三方はそれぞれ侯爵令嬢ジュリア様、伯爵令嬢エミリア様、子爵令嬢マリエッタ様とおっしゃって、レミーエ様を筆頭に悪役令嬢の第一の配下三人衆とでもいえる立場なのである。

髪の色はそれぞれ赤、青、黄色と信号機のようなわかりやすさで、あとはピンクと緑さえ加わればナントカ戦隊が完成するのに……と残念で仕方がない。

ハッ！　この、さっきからレミーエ様の前でカタカタと小動物のように震えている美少女を加えれば……

レミーエ様とその取り巻き三人衆の背後から少し位置をずらして様子見しながら物思いにふけっていると、いきなり腕を引っ掴《つか》まれた。

「ちょっと！　コゼットもなにか言ってやりなさいよ！　ここは貴女《あなた》の花畑でしょう⁉」

「へ、あ、は……」

突然レミーエ様に前に押し出された私は、目を白黒させつつ、うずくまるピンク色の髪の少女と対峙《たいじ》した。

そう、ここは私の花畑なのである。

貴族令嬢にもかかわらず園芸が趣味の私は、伯爵であるお父様にお願いして自分専用の花畑を作っていたのだ。

五歳からコツコツと育てた花畑は、庭師のボブじいの助力の甲斐《かい》あって、十歳のいまではいっぱしの庭園といえるまでになっていた。

今日は、自慢の庭園をお披露目《ひろめ》するためのお茶会を開いていたのだ。

伯爵令嬢である私のお茶会には、なんと同い年である王太子殿下までいらしている。

招待状を頑張って書いた甲斐があった……と、またしても自分の世界に浸っていると、レミーエ様の苛立《いらだ》った声が爆発した。

「ちょっと！　コゼット！　聞いてるの！　自分の世界にはいらないでちょうだい！」

ハッ！　危ない危ない！

私にはこうして考え事をすると、ぼーっとしてしまうクセがあるのだ。いかんいかん。

我に返った私は、あらためて目の前の少女をまじまじとみつめた。

ふわふわのピンク色の髪におおわれた顔は思った通り可憐だが、空色の瞳は意外なことに挑戦的にギラギラと光っていた。

彼女の足元にはたくさんの白い花が落ちており、その可憐な容姿をさらに引き立てている。

レミーエ様に責められて震えていると思ったのだが、どうやら彼女は思った以上に肝《きも》が据《す》わっているようだ。

「コゼット⁉　ふーん、アンタ、コゼットっていうんだ。ゲームじゃ名前も出てこなかったから、知らなかったわ」

ポロリと口からすべり出た言葉を耳にして、私は驚愕《きょうがく》に目を見開いた。

「あなたは……誰⁉」

私がようやく口にできたのは、そんな言葉だけだった。

「アタシ⁉　アタシはアンジェ。この世界の主人公よ！」


しーん……


庭園に痛いほどの沈黙が訪れる。

さきほどまで烈火のごとく怒っていたはずのレミーエ様ですら、ありえない生き物をみる目でアンジェをみつめていた。

この子……痛い……痛いわ……

これが厨二病《ちゅうにびょう》というやつだろうか……と思いつつ、私は彼女に話しかけた。

「そうですの、アンジェ様とおっしゃるのね。ところでお伺《うかが》いしたいのですが、この花畑と庭園は当家の私有地でございますの。本日はお茶会を催していたのですが、招待客のなかにアンジェ様というお名前はなかったように思うのですが……」

首をかしげて微笑《ほほえ》むと、アンジェはたじろいだように見えた。が、それも一瞬で、すぐに先ほどのような不敵な表情を浮かべた。

「招待状なんて知らないわ。アタシ……私は、ここでイベント……じゃない。花を摘みに来たんだもの！　病弱なお母様のための花をね！」

イベント……!?　アンジェはあわてて言い直したが、確かにイベントと聞こえた。それより、何《な》故《ぜ》か周囲に響き渡るくらいに声を張り上げているのが気にかかる。

「花を摘んでいるだけなのに！　なにをなさるんですか！」

アンジェは突然そう叫ぶと、まるで突き飛ばされたように大袈裟《おおげさ》に、自ら地面に倒れ込んだ。

私有地への勝手な立ち入りを注意していただけなのに……突き飛ばすどころか手も触れてないのに。

呆気《あっけ》にとられた私たちがポカンとしていると、あたりに涼やかな声が響いた。

「なにをしている!!」

声とともに颯爽《さっそう》と現れたのは、御年十歳になられるこの国の王太子殿下、レオンハルト様であった。

キラキラと太陽の光を反射する、肩で切り揃《そろ》えられた美しい髪は銀色。長い睫毛《まつげ》に縁取られた瞳は、エメラルドのような輝く緑だ。まだ幼さが残るものの、その奇跡のような顔立ちは、一流の芸術家が仕上げた美術品といえるほどに美しい。

そんなレオンハルト様が現れたとき、アンジェの口の端がかすかに歪《ゆが》んだようにみえた。

「なにをしていると聞いているのだ！」

呆気にとられていたままの私が反応するより早く、彼女……アンジェが声を上げた。

「私はお花を摘んでいたのです。病気のお母様のためのお花を……そうしたら、この方たちが……」

アンジェは、涙で目をうるうるさせながらレオ様を見上げた。いつの間にか土で汚れた膝《ひざ》を痛そうにさすりながら。

上目遣いのアンジェの顔は、まるで天使のようにとても可愛《かわい》らしかった。その今にもこぼれおちんばかりの大きな瞳にみつめられたレオンハルト様は、金縛りにあったように動かない。アンジェの先ほどまでの挑戦的な姿はなりを潜め、彼女の周りにキラキラと星が舞っているのではないかと思うほどだ……って、舞ってる。本当に舞ってる。

目の錯覚かとゴシゴシ目を擦《さす》ってみるも、まだキラキラしている。よーく目を凝《こ》らしてみると、アンジェが頭をふるふると動かすたびに、髪の毛の中から銀色の粉が出てきているのがわかった。

…………フケ⁉

色が銀色であるため、フケではないと思われるが。それともピンク色の髪からは銀のフケが出るのだろうか。

うーむ、とフケについて考えていると、レオンハルト様の厳しい声があがった。

「花を摘んでいただけのか弱い少女に暴力を振るうなんて、それでも伯爵令嬢か！　君には失望し

た！　帰ってくれたまえ！」

「へ⁉」

え⁉　私に言ってる⁉

キョロキョロと周りを見回すが、どう見てもレオンハルト様の目は私をみている。

身に覚えがなさ過ぎる上に、そもそもここは私の家……

あまりの言い掛かりに、相手が王太子殿下というのも忘れて反論しようとした私に、アンジェが追い打ちをかけた。

レオンハルト様に支えられたアンジェは、口許《くちもと》を歪めながら、言ったのだ。

「姿形が見苦しい方は、性根まで見苦しいのですね……ああ、恐ろしい」

投げつけられたあまりの言葉に目の前が真っ暗になった私は、そのまま意識を失ったのだった……。

目を覚ましたら、見慣れた部屋の、見慣れた天井が目にはいってきた。

いつの間に部屋に戻ってきたんだろう。ゆっくりと身を起こそうとした私は、金だらいを被《かぶ》せられて棒で叩《たた》かれるような激しい頭痛におそわれた。

「アイタタタ……なにこれ……二日酔いみたい～」

あまりの痛さに涙目になりながら、私は再び寝台に倒れ込んだ。

頭痛と戦いながら頭を整理すると、ここではない世界での記憶が次々と蘇《よみがえ》ってきた。

そう。私は……転生者だったのである。

とは言っても、自分が転生者であるという確信を得たのは、今が初めてだ。

幼いころから時々みる夢が、なんとなく同じような世界の話であるとは感じていた。そのせいか『この世界』では存在しない単語などが私の頭には染みついていて、時々それらがポロリと口をついて出てしまうことがあり、周囲が首を傾《かし》げることがよくあった。それが原因で、幼い私は次第に人の陰に隠れるようになり、口下手《くちべた》になっていった。しかし、そんな風に私を悩ませていた夢の出来事が自分の前世であるなんて、誰が考えるだろうか。

前世での私は、高校生の娘を持つ四十代後半のオバちゃんだった。

平凡な家庭でごく普通の主婦として生きていた私は、通学途中の娘を暴走トラックからかばってひかれたのだ。

恐らくそれで死んだのだろう。その辺の記憶が曖昧《あいまい》なため娘が助かったのかどうかまではわからないが、最後に娘の声を聞いた気がするのと、なんとなくいい前世だったなぁ～と思っている自分がいるので、たぶん助けられたのだろう。

そして、生まれ変わったこの世界……アンジェのおかげで気づくことができた。この世界は、驚くべきことに……乙女《おとめ》ゲームの世界であった。

何故、四十代後半の私が乙女ゲーを知っているのかというと。まぁ、娘がゲームをプレイしては、経過報告や、好きなキャラだのイベントだののことを教えてくれたのだ。

当時は興味もなかったので迷惑極まりなかったが、転生した今となっては娘に感謝してもしきれない。


何故ならば……この乙女ゲーには、世にも悲惨なバッドエンドが存在するのである……


この世界を舞台にした乙女ゲームは、『エンジェリック！　恋の令嬢勝ち抜き戦！』という題名の、前世では一世を風靡《ふうび》した作品であったようだ。

当時オバちゃんだった私はプレイしていないが、娘が徹夜してまでゲームに没頭していたのを何度叱《しか》り飛ばしたことか。

その度《たび》に娘は、私にこのゲームやその攻略対象者たちがどれだけ素晴らしいかを熱く語ったものだ。

それはもう、こちらがドン引きするほどに……

娘によると、このゲームの主人公は先ほど会ったアンジェという少女だ。

『ピンク色の髪に空色の瞳をもつ、平凡な少女』……のはずが、先ほど実際に見たアンジェは輝くような美少女だったが……しかもピンクの髪が平凡とは恐れ入る。この世界に産まれてはや十年……ピンク色の髪をもつ人間など出会ったことがない。頭からフケ……じゃない、頭からつま先まで、どうみても非凡である。あれに比べたら、私のほうがどう考えても平凡だ。

まあとにかくアンジェは平民出身で、ゲームの舞台である王立アルトリア学園で出会った貴族のエリートイケメンたちと恋に落ちるのだ。

この国……アルトリア王国は、国王陛下が統治する専制君主制の国家であり、貴族制度が存在する。貴族はそれぞれの領地をもっていて統治をするほか、宮廷で役職を持って議会に参加したりするのがお仕事である。と、まあある意味一般的な国である。

そしてアルトリア学園は、そのほとんどが貴族の生徒で構成される、国内屈指の名門校だ。しかし平民にもその門戸は開かれており、特別な才能があって有力者の推薦を得ていたり、超難関の試験に合格したりすることなどで、貴族以外も『民間特別クラス』に入学できるのだ。ちなみに貴族の子弟たちは、十六歳になると必ず入学できるし、入学する義務があるので、ポンコツさにかけては自信のある私も入学できるので安心してほしい。


ゲームはアンジェが十六歳になって学園に入学したときに開始する。

三年間の学園生活で、平民たちはその才能を磨き、また将来の人脈作りに励む。そして令息、令嬢たちは貴族としての教育をうけ、社交界に出てからの交友関係も築いていくのだ。

通常はそれだけなのだが、王太子殿下の在学中だけは事情が異なってくる。

そう、王太子殿下の在学中は、殿下の婚約者を決める令嬢選抜試験が行われるのだ。アルトリア王国では未来の国王、つまり王太子殿下の妃《きさき》は、アルトリア学園在学中に決めるというしきたりがある。

令嬢たちにはそれぞれ家柄、容姿、成績などによって『基本持ち点』が設定されており、入学時には全員にあらかじめランク付けがなされる。この『基本持ち点』は学園、つまり国によって定められており、詳しい内訳は開示されていない。

また、一年に一度、全校生徒および教職員による人気投票が行われ、得票数がランキングに反映される。

投票の持ち点も開示されていないが、王太子殿下本人および教職員や有力子息たちは高い持ち点を持つとまことしやかに噂《うわさ》されている。

そして三年の卒業時に最もランキングの高い令嬢が、殿下の婚約者候補になれるのである。

この候補たちは殿下の上下二学年までで各学年一人ずつ選抜され、候補内からの最終決定は殿下によってなされる。

つまり、学園内での人心掌握《しょうあく》力、政治力を試され、その点数の高いものが殿下の婚約者になれるという仕組みである。他国では幼少のころから婚約者が決められていることも多いが、我が国の王妃は、近隣の国の王妃と比べて大きな権力を持っている。国王陛下に次ぐ権力を持つ王妃は、有事の際は陛下に代わって軍を指揮し政務をとる代理の王ともなるのである。そのため、王妃となる人物を、右も左もわからない幼い時分に選ぶのは不可能であり、このような仕組みが取り入れられたのだという。

また、候補たちの中から、王太子が国王になられたときの側室が選ばれることも過去多くあり、令嬢たちは少しでもいい点数を収めようと必死になる。

主人公は学園の『民間特別クラス』に入学した特待生。貴族以外からも優れた人材を確保しようとする取り組みであるため、当然ながら、平民である民間特別クラスの生徒たちもランキングに参加する。だが、家柄の『基本持ち点』が少ない、もしくはないためか、過去民間から王妃がたった例はない、建前《たてまえ》上の形骸化された仕組みともいわれている。

しかしそこはもちろん乙女ゲー。主人公が王妃になれるルートが存在する。

ゲームでは、ある一定の条件を満たすと、有力令嬢たちとの一騎打ちイベントが発生するのだ。

イベントは相手令嬢と自分への人気投票である。

この場合は全校生徒ではなく、有力子息たちによるものだが。

そのメンツは、宰相子息、騎士団団長の子息、学園の教師でもある若き侯爵……つまりは攻略対象者たちである。

このイベントに勝利すると、彼らの持つ持ち点が基本持ち点に加点される。何度かの一騎打ちの勝利を経てこの点を積み上げることによって、庶民である主人公に王妃への道が拓《ひら》かれるのだ。

ちなみに、有力令嬢……一騎打ちの相手は、公爵令嬢レミーエ様および赤黄青の三色令嬢……と私だ。

当然ながらレミーエ様はラスボス。公爵令嬢という家格と他を圧倒する美貌《びぼう》、少々傲慢《ごうまん》ながら洗練された所作《しょさ》で貴族たちからの圧倒的な支持をあつめ、ダークホース的存在の主人公を除けば常にランキングトップに輝いているのだ。

三色令嬢ももちろんランキング上位者。それぞれ四位までを固めている。

そして私……伯爵令嬢コゼットは、一騎打ちイベントの練習ラウンド。

チュートリアルである……。


コゼットは伯爵令嬢というわりと高めの基本点はあるものの、少々……いやかなり太めの体型で、容姿の点数はゼロに等しい。

それに加えてドンくさく、ボーッとしているため貴族からの人気もほぼ皆無。

つまりほとんど何もしなくても勝てる、チュートリアル令嬢なのである。だからか、ゲーム中に名前も出てこない。

ゲーム中の表記は、伯爵令嬢Bだ。ちなみにAもいる。Aはガリガリ眼鏡だ。


そして、バッドエンド……私たち令嬢に対するバッドエンドは、一騎打ちに負けた場合のその後である。

家格によるリーチがあるにもかかわらず一般庶民に敗北した令嬢は、貴族たちから総スカンをくらう。

つまり嫁の貰い手がないのだ。

そうなれば行き遅れとなり、女子修道院に一直線コース待ったなしだ。

貴族という家に守られているだけの、たいして取り柄《とえ》のない令嬢の間接的かつ絶望的なバッドエンドの出来上がりである。

無理！　無理よ！　せっかく貴族に生まれてぬくぬく暮らしているのに、自給自足で質素倹約最低限の生活なんて無理よ‼

しかも大抵の修道院には、鬼姑《おにしゅうとめ》もかくやといわれる超怖い修道女たちがワンサカいるらしい。

私の脳裏に、姑にいびられまくった前世の記憶がフラッシュバックする。

なんとか、一騎打ちを回避するか、勝利しなければ……。

私は自分のお肉たっぷりプックプクの手をじっとみつめた。

軽く頭を振って気持ちを切り替え、頭痛が治まったのを確認した私は、伯爵令嬢らしく整えられた、可愛らしい部屋の中を見回した。

部屋の広さはそこそこある。

まあ、くさっても伯爵令嬢である。前世で節約の末ゲットした念願のマイホームのリビングよりもずっと広く、ざっとこの部屋だけで二十畳はあるだろうか。主寝室だけでこの広さ。王族や公爵とは比べものにならないのだろうが、前世日本の住宅事情を思い出せば、贅沢《ぜいたく》すぎるほどだ。

薄いクリーム色に小花の散った上品な壁紙、ゴージャスな天蓋《てんがい》からこれまたゴージャスなレースカーテンの垂れさがる白木のお姫様ベッド。ベッドのマットレスも当然、びっくりするほどふかふかで、肌触りのいいシーツはシルクだろうか。据え付けられている家具も白木にピンクのバラがピンポイントで装飾された、乙女チックで可愛らしいものばかりだ。この部屋をみるだけで、両親の私への溺愛《できあい》ぶりがわかるというものだ。

しかもこの部屋に加えて、私専用のリビングルームや小寝室まである。とりあえず小寝室といってみたが、あの部屋は一体なんなんだろう。

主寝室に飽きたら使うんだろうか？　まぁそれはどうでもいい。

そして寝室にはリビングに続く扉とは別に、衣装部屋への扉がある。

衣装部屋に足を踏み入れると、コロコロとした大きめな私にそっくりなコロコロとした大きめな……つまり装飾過多でビッグサイズのドレスが所狭しと掛けてあった。


これは……ひどいわ……

前世の意識がなかった今までは気付かなかったが、それらの衣装はいたるところにフリルやリボンがあしらわれ、どこもかしこもふっくらとした私の体型をカバーしつくして覆い隠すように……なにこれ？　みのむしなの？

しかも全体的にピンク色だ。

膨張色……前世の知識でいえば、デブにこのドレスたちは最悪である。

大きな肩幅をさらに大きく逞《たくま》しくみせ、ふとましい腰まわりを腰だと気付かせないくらいにカバーしている。

カバー力抜群だ。

おかげさまで体のほぼ全てを覆い尽くされた私は、さながら大きな球体である。押したら転がりそう。いや、マジで。

十歳にしてこの逞しさ……子供相撲大会でもあれば、見た目だけなら横綱間違いなしだ。

力士のような体力は当然ない。

だって令嬢だもの。

屋敷内と趣味の庭造りしか出歩かないし、食事は毎日フルコース。

これがまた美味しくて……ついつい令嬢のたしなみも忘れておかわり！　と元気よく叫んでしまうほどだ。

腕のいい料理人と、娘が可愛くて仕方ない両親のおかげで、コゼットはすくすくふくふくと大きく成長した。

そう、横に……

衣装部屋に設置してある姿見を覗《のぞ》き込むと、わりと大きめの姿見からはみ出しそうな自分の姿が確認できた。

うーん……太い……

悲惨な現状を再確認した私は、ダイエットを決意した。

鏡を見ながら決意を固めていると、寝室のほうから声が聞こえてきた。

「お嬢様ー！　どちらにいらっしゃるのです⁉」

「私はここよ！　シシィ！」

慌てたような足音が寝室のほうから聞こえてくると、衣装部屋の扉がバタンと開かれた。

「お嬢様！　もう起きられて大丈夫なのですか⁉　ご気分は悪くはありませんか⁉」

私付きの侍女であるシシィは、大きくつぶらな瞳を潤ませて心配気に私の顔を覗き込んできた。

私より六つ年上のシシィは、二年ほど前から私に仕えてくれている。暗い茶色の髪をいつもきっちりと結い上げており、同じく茶色の瞳は勝気に吊り上がっているが、真面目《まじめ》なしっかり者で、私のお姉さん的存在である。

私は彼女の心配を払おうと、ことさら元気そうにニッコリと微笑んだ。

「大丈夫よ。もう気分はすっかり良くなったわ。それよりお茶会はどうなったのかしら……主催者にもかかわらず、途中で倒れるなど失礼をしてしまったわ」

そう、お茶会である。途中で倒れてしまったからどうなったのかわからないが、王太子殿下までご招待した大規模なお茶会なのだ。主催者が倒れたからと、失礼なことをするわけにはいかない。

にわかに不安になった私は、シシィに事の詳細を問うことにした。

元気そうな私の様子にホッと安堵《あんど》の息をついたシシィは、私を安心させるようにニッコリと微笑んだ。

「大丈夫ですわ、お嬢様。お茶会は奥様がかわりにとり仕切られて、つつがなく終わったところです。先ほど、お嬢様を心配されてこちらにいらっしゃいましたが、今は招待客の皆様のお見送りをされているところですわ」

さすがはお母様。私の母とは思えないほど美しくしっかりした母は、父と結婚して伯爵家の女主人となった今も、理想の淑女《しゅくじょ》として社交界に君臨している。

プレイボーイとして名高かった父と結婚したときは、母を狙《ねら》っていた貴公子たちが悲嘆にくれたという……

そんな母がとり仕切ってくれたのなら間違いない。

しかし、気にかかることが、ひとつ。

「あの、アンジェという少女はどうなったのかしら。招待客ではなかったようなのだけれど……」

庭園でのアンジェとの邂逅《かいこう》。あれは、ゲームのプロローグ・イベントだ。

貴族の庭園だと知らずに迷い込んだアンジェは、夢中で花を摘んでいるところをレミーエ様たちに発見される。不審な闖入者《ちんにゅうしゃ》をレミーエ様が糾弾《きゅうだん》していると、そこに王太子殿下があらわれ、突き飛ばされたアンジェを助け出すのだ。

プロローグだけに、リビングのテレビを占拠して何周もゲームをやりこむ娘によって何度も見せられた場面だ。

たしか、スキップできなかったんだよな……望むと望まざるとにかかわらず、場面を暗記するほど繰り返された。

しかしいま考えてみると、貴族の庭園に無断で立ち入ったアンジェのほうがどう見ても悪い。まして、王族を招いたお茶会の最中だ。

レミーエ様の対応に間違いなど何処《どこ》にもない。

たとえ突き飛ばしていたとしても…………ていうか突き飛ばしてもいない。

勝手に彼女が転んだのだ。

そもそもレミーエ様は、貴族至上主義で少し傲慢なところはあるが、反面常に淑女の鑑《かがみ》であろうとする、プライドの高い方だ。まだ幼く自制心がきかない子供であるとはいえ、レミーエ様がそんなことをするとは思えない。

まぁ、ないとは言えないが……まずありえないことだろう。

それにもかかわらず、王太子殿下はアンジェのことを、レミーエ様および私たちにいじめられた被害者のように扱っていた。

たしか、ゲーム内でもそんな流れだったはずだ。

これがゲーム補正なのか……たんに殿下のみる目がないのかはわからないが、このイベントをきっかけにして、アンジェは王太子の伝手《つて》で某男爵家に預けられ、そこで学園入学のための教育を受けることになるのだ。

つまり、ゲームは始まっている。

六年後、十六歳になる歳に、アンジェは学園に入学してくる。

「あの少女は、王太子殿下のお付きの方が連れて行かれましたわ。なんでも病気のお母様がおられるとかで……不憫《ふびん》に思われたのでしょうね。どちらかに預けられるそうですわ」

やはり……予想通りの展開に、私はガックリと肩を落とした。

私の一騎打ちイベントは、学園入学直後に起こる。

それまでに基礎点を積み上げ、一騎打ちに勝利できなければ、学園卒業後は女子修道院に直行だ。

ゲームではチュートリアルでも、私には一度しかない人生だ。

誰かの踏み台になるいわれはない。

学園入学まであと六年。

とりあえず私のすることは決まっている。

決意を秘めて、私はシシィに向き直った。

「シシィ。スリッパを持ってきてちょうだい」

「スリッパとは、なんですか……？」

「え⁉」

胸を張って命じた私に、シシィは訝《いぶか》しげな表情を隠さない。

「スリッパよ。ほら、スリッパ。家の中で履く……」

「室内履きの靴のことですか？　お嬢様が履いていらっしゃる……」

「室内履き……」

言われて私は自分の足元に目を落とす。

靴である。

いわゆる外で履くような靴とあまりかわらないが、家の中で疲れないように柔らかい皮がしかれ、足をあまり締め付けないような作りの靴。

そういえば、この世界ではハイヒールも見たことがない。女性でもせいぜい少しだけヒールのある靴を履いているくらいで、しかもそのヒールは木を削り出して作られている。

木のヒールは硬く重く、ハイヒールになんてしたらとてもじゃないが歩けたものじゃない。

一般的な靴はなめした皮で作られており、華奢《きゃしゃ》とは言い難《がた》い作りだ。まあそもそもこの世界の女性は足をあまり出さない。スカート丈も長く靴はほとんど見えないから、みんな靴のことなど気にしていないのかもしれない。けれどダンスのときとかに、ちらりと素敵な靴が見えたらとってもおしゃれだと思うんだけどなあ。

話を戻そう。

つまり、スリッパは存在しない。

ということは、前世で私が愛用していたアレも、存在しないということである。

シシィは私が突然おかしなことをいいだした、と感じたのか、どう対処したらいいのかわからず眉《まゆ》を下げた。そんな困り顔のシシィに、私は一生懸命スリッパについて説明する。

「えっとね、つま先の部分だけをカバーして、かかとのほうは高さがあってね……」

「なんだか歩きにくそうですね」

「そんなにガッツリ歩く感じの履物ではないのよ。すぽっと足をはめ込む感じなの。サンダルみたいだけど布とかでできてて」

「サンダルってなんですか？」

「……ダヨネー……」

散々に問答を繰り返し、もはや口頭での説明は無理だと判断した私は、シシィにスケッチブックとペンを持ってきてもらった。スケッチブックに全体像を描いてようやく理解してもらえたようで、なんとか出入りの靴職人に発注してもらう約束を取り付けることができた。

スリッパについてシシィとあれこれ話し合っていると、コンコン、とノックされた。

「はい、ただいま」

シシィが取り次ぎにたつ。

「シシィ、コゼットは気がついたかしら」

「奥様！　申し訳ございません。コゼット様は目を覚ましていらっしゃいます」

どうやらお客様のお見送りが済んだお母様がいらしてくださったようだ。

私はパパッと服の皺《しわ》を伸ばし、お母様へと駆け寄った。

「お母様！　ご心配をおかけして申し訳ありません。私はもう大丈夫ですわ。庭園が暖かかったせいか、気が遠くなってしまったようですわ」

お母様に心配をかけないように、元気さをアピールするためにその場で何度か跳び上がってみせた。

ドスン！　ドスン！

クッション性バツグンのふかふかの絨毯《じゅうたん》が敷いてあるはずなのに、ありえない音がする。

しかしお母様は気にもとめず、私を抱きしめてくれた。

「ああ！　コゼット！　元気そうで良かったわ！　貴女が倒れたと聞いて、どんなに心配したことか！　お母様も倒れてしまいそうだったわ！」

お母様は、湖面をうつしとったような深いサファイヤブルーの瞳に涙を浮かべて喜んでくれた。

本当に心配をかけてしまったようだ。

たおやかな白い腕が、私をきつく抱き締めてくれる。色だけは私と一緒の栗色の髪から、花のような甘い香りがして、私はうっとりとお母様のふくよかな胸元に顔を埋めた。

ホント、色あいだけは一緒なのに……

何を隠そう、私とお母様はそっくりなのだ。豊かな栗色の髪と、サファイヤブルーの瞳だけは
……

横幅が若干《じゃっかん》……いやかなり……違うだけで。

しかし、今はお肉に埋もれたこの瞳も、お肉さえとれればお母様のようなぱっちりお目目になるはずだし、花のかんばせと例えられる顔つきだって同じになるはずなのだ！

たぶん……

私がまだもっと小さいころは、周りじゅうみんながお母様とそっくりだと褒《ほ》めてくれたし、娘ラブなお父様だけはいまでもお母様とうり二つだといってくれる。

つまり痩《や》せさえすれば、私の美貌は約束されたも同然なのだ！

絶対に！　……いや、たぶん……

私がまたしてもぼーっと物思いにふけっていると、お母様は私の顔を覗き込みながら優しく語りかけてきた。

「コゼット、元気なようなら、夕食はいただけそう⁉　コゼットが元気になるように、今日はコゼットの好物をたくさん作ってもらいましょうね！」

お母様の嬉《うれ》しい提案は、ダイエットを決意した私には嬉しさを通り越してつらくなりそうなものだった。

「お母様……私、実はダイエットをしようと思いますの。だから、夕食は野菜をたくさん食べたいわ」

ダイエットの基本は野菜である。

野菜！　根菜！　温野菜！

強い決意を秘めた私の瞳に、真剣な思いを感じ取ったのか、お母様が神妙に頷《うなず》いた。

「わかったわ、コゼット。お母様も協力する。コゼットはそのままでも可愛いけれど、最近はほんの少しふくよかだものね」

「そうなの！　だからダイエットするのよ！」

どう考えてもほんの少しではないが、お母様の優しさだろう。

「でもコゼット。倒れたコゼットに滋養をつけさせようと、料理長が張り切って特大のケーキを作ってしまったの。それにつられたお父様が張り切って、キジと仔《こ》ウサギを狩ってきてしまったわ。どちらも脂がのってとっても美味《おい》しそうだったわよ」

お母様の言葉に、私はうっとたじろいだ。

キジ肉と、仔ウサギ……どちらも私の大好物だ。新鮮なうちにステーキにしたときの、柔らかさと脂ときたら……ゴクリ。

しかも料理長の腕によりをかけたケーキ。自慢じゃないが、我が家の料理長はこの国一番と言われるほどの腕の持ち主で、国王からの招聘《しょうへい》を断ってまで我が家で働いてくれているという謎《なぞ》人物
……じゃない、すごい人なのだ。

だが、基本的に作りたいものしか作ってくれず、特にケーキなどはお茶会でもなければあまり作ってはくれない。

だから私は今日のお茶会で出るケーキを楽しみにしていたのだ。

食べれなかったけど……うう。

「とっても美味しそうな、ケーキだったわ」

お母様の甘い声が追い打ちをかける。

「だ……」

お母様とシシィがそろって首をかしげる。

「だ？」

「ダイエットは、明日からぁーーー!!」

どこかで聞いたような台詞《せりふ》を叫びながら、私は明日からのダイエットに対する決意を新たにしたのであった。


料理長が腕によりをかけた夕飯は美味しかった。

それはもう、一口目からおかわりを要求してしまいそうになるほどに……

しかしダイエットを決意している私は、頑張っておかわりを一度にとどめた。

うぅ……お肉……

脂ののったお肉はそれはもうジューシーで、噛《か》むたびに肉汁がほとばしる。

焼き加減も絶妙で、硬すぎず、柔らかすぎず……

ステーキにかけられているソースが後味をさっぱりとさせているのもニクイ。

肉だけに……

なんつって。

たぶん、たぶんだけど、私が太っているのは料理長の腕が良すぎるのも原因のひとつだと思う。

だってこんなに美味しくなかったらおかわりなんてしないもの。

うん。確実に料理長のせいだな。私の肥満は。

まったくもう……もぐもぐ。

「いやぁ、倒れたと聞いて肝を冷やしたが、元気そうでなによりだよ。しかし、もうおかわりしなくていいのかい⁉　いつもはあと三皿は食べるのに……食欲がないなんて、もしやまだ具合が悪いのかい⁉」

お肉の味に浸っていた私は、お父様の声でハッと我に返った。

お父様は慈愛に満ちた眼差《まなざ》しで私をみつめている。

思えば、私がご飯を食べているとき、お父様はいつもこんな風に私をみつめていた。

なんだろう、なにか……あの目に見覚えが……


…………ムツゴ◯ウ…………？


なんだかイヤな気持ちになったので、その先は考えるのをやめた。

お父様は、金髪碧眼《へきがん》の、まさに童話に出てくるような貴公子である。年齢は三十を越しているにもかかわらず、まるで二十代前半のような若々しさを保っており、花のような美貌のお母様と並ぶと一幅《いっぷく》の絵画のような美しさだ。

この両親の血を引いているのだから、やっぱり私の残念な容姿はどう考えても料理長のせいであるに違いない。後で料理長に文句を……言うのはやめておこう。この美味しい料理を作ってくれなくなったら私の生死にかかわる。

「いいえ、お父様。私はダイエットをすることにしたのです。だからおかわりはもうしないのです」

そう。このお皿で最後。最後……

思わずお皿をじとっとした目でみつめてしまった。

お皿から無理やり視線を引き剥《は》がすと、お父様の美しいお顔が驚愕に歪んでいた。

ガタン！　と椅子を蹴《け》って立ち上がると、大仰《おおぎょう》な仕草で天を仰ぐお父様。

「ダイエット……だって⁉　あの、世にも過酷《かこく》という噂の⁉　同じものを食べ続ける拷問《ごうもん》をされたり、暑い部屋に閉じこめられたり、なんの味もしない水を大量に飲まねばならなかったり！　そんな恐ろしい拷問に耐えられず挫折を繰り返した結果、精神を病むものもいると聞く。しかも奇跡的に成功したと安心したのもつかの間、ほぼ全員が例外なく『リバウンド』という呪《のろ》いにかけられるという！」

どこの牢屋の話だそれは。

しかしあながち間違ってもいないところがよくわからない。

「何故だ……何故、私の可愛いコゼットが、そのような過酷な拷問を受けなければならないのだ……」

ついに顔を覆《おお》って泣き出したお父様に、私、コゼットは……

はっきりいってドン引いた。

なにこのひと。

気持ち悪いものをみる目でお父様をみつめていると、お母様の優しい声が割り込んできた。

「貴方《あなた》、大丈夫よ。そもそもダイエットは美容のために自分から進んでするものであって、拷問ではないわ。私たちの可愛いコゼットが、さらに可愛くなろうとしているだけなのよ。ここは温かく見守りましょう」

ハッとしたようにお母様に振り返ったお父様は、お母様の足元にひざまずいて祈り始めた。

なにやら、おぉ、神よ……という声まで聞こえてくる。

うん、なんか面倒くさいから、もうどうでもいいや。

二人の世界にはいっている両親をほっぽって、私は最後のお肉を味わった。


ひとり自室に戻った私は、ベッドにもぐってぼんやりと今日の衝撃的な出来事の数々を思い出し、ため息をついた。

お茶会からの怒涛《どとう》の展開に振り回されて気づいていなかった疲れが、どっと押し寄せてくる。

前世のことを思い出してから、普段あまり仕事をしていなかった私の脳みそがエンジン全開のフル回転状態である。気のせいかこめかみあたりがずきずきと痛んできた。

「む……もみもみ」

指で押すように揉《も》み解《ほぐ》すと、少しずつ痛みが和《やわ》らいできて、無意識に張りつめていた気持ちも、ふわりと緩《ゆる》みだした。

「もう、会えないんだ……」

灯《あか》りを落とした室内に、ぽつりとこぼした声が落ちる。静かなせいか思っていたよりも響いた自分の声に、何故だかより一層寂しさが湧き起こり、私はぎゅっと手を握りしめた。

前世を思い出し自覚したことで、ありありと……昨日のことのように脳裏《のうり》に浮かんでは消える記憶の数々。

恐らく私が死んだであろう瞬間からさかのぼるように、飽きるほどに見慣れた街並み、娘と最後に交わした会話までが、鮮烈な色彩を伴って私の瞼《まぶた》の裏に映し出される。


「お母さん、早く～！　授業参観に遅れるなんて恥ずかしいよ！」

「待って～！　えっと、スリッパは持ったし、忘れ物はないわね」

鞄《かばん》の中身をチェックしながら玄関の扉をくぐった私は、何となしに後ろを振り返り、じっと我が家を見上げた。淡いクリーム色の外壁にモスグリーンの屋根の、何の変哲もない一軒家。私のたっての希望によって作られたこぢんまりとした庭には、煉瓦《れんが》で組まれた花壇が作られている。お花でいっぱいにするつもりだったのに、いつの間にか大葉やらプチトマトやらハーブやら……食べられるものばかり植わっている。

大きくも広くもない郊外の建売だけれど、節約生活をしてなんとか手に入れた。あと二十年もローンの残っている、小さいながらも大切で愛《いと》しい……懐かしい、我が家。

「もう！　早く早く！」

「待ってってば！　だいたい、貴女が夜遅くまでゲームなんてしているから、寝坊して遅れたんでしょうが！」

玄関から続く、申し訳程度の石畳の先にある門扉《もんぴ》に手をかけて、私を急《せ》かす娘に抗議する。

私に似て平凡な顔立ちだけれど、素直ないい子に育ってくれた、自慢のひとり娘。いっつもゲームばっかりしていて、ちっとも勉強しないのが玉に瑕《きず》だ。

「だって、レオンハルトがカッコよくて～！　最後までイベントをみたかったんだもん」

私の小言《こごと》にも悪びれることなく、ゲームの王太子殿下がいかに素敵かを語りだす娘の肩を押し、バス停に向かう道を歩きながら、私はやれやれと肩をすくめた。

「まったくゲームって……レオンハルトって、あの銀色の髪のキャラよね？　確かにイケメンよねえ。理想の王子さまって感じで憧《あこが》れちゃうわ。お父さんも昔はあんな感じだった……ことはないわね。うん」

「あはは……まあ、お父さんのことは置いとくとして。ホント、レオンハルトってかっこいいのよね～！　でも、レオンハルトの本当の魅力は、顔じゃないのよ！　もちろん顔も好きだけど！」

「ふ～ん。で、本当の魅力って？」

首を傾げて尋ねる私に、娘は我がことのように胸を張って答える。

なんで貴女が偉そうなのよ……どんだけ好きなんだか。

「それはね、まっすぐで優しいところ！　だって自分の立場が悪くなるのも構わずに、主人公を守ろうと……」

「危ないっ……！」

その後のことは、よく覚えていない。

ものすごい衝撃があって、一瞬で真っ暗になった気がするけど……まあ、あんまり思い出さないほうがいいってことかもしれないわね。

「授業参観、みたかったなあ……」

実際あのときには、参観の後には保護者会もあるし、面倒だなあ、くらいにしか思っていなかったけれど。もう観ることのかなわない今となっては、本当に惜しいことをしたなあと感じるのだ。

授業参観だけじゃないわ。娘の将来の結婚式にも出たかったたし、孫の顔だってみる予定だったのに！　私、とってもいいおばあちゃんになる自信だってあったのよ。

まあ、いつもゲームばっかりで、あの子に彼氏ができる気配なんて微塵《みじん》もなかったけどね。

「ホント、惜しいことした。でも……たぶん助けられたから、仕方ないかあ……」

もっといっぱい生きたかった。見たいものだっていっぱいあった。もっと一緒にいたかった。

キュウッと引き絞られるような、切ない想いで胸が痛くなって、私は前に比べたらずいぶん小さく感じる手で、自分の体を抱き締めた。

もう会えない、愛しい人たち。懐かしい世界に思いを馳《は》せて目を閉じると……涙がひと筋、目じりから零《こぼ》れ落ちてふかふかの枕を濡らした。

「まあ、私にしては、上々の出来の人生だったよね。何故だかわからないけど、生まれ変われたし！」

無理やり気を取り直してわざと元気よく声を出してみると、なんだか少しずつ元気が出てきたのを感じる。

そう、平凡だけど上々で、なかなか楽しい人生だった。嫌なこともあったし、大変なこともあったけど、最後に娘を守れた。大切な宝物を。それだけで丸儲《まるもう》けだわ。

そのうえ、幸運なことに生まれ変わって、お貴族様になれるなんて奇跡みたい！　まるでべ○ばらのようなこの世界。楽しまなけりゃ損じゃない？

幼いころからずっと、まるで別の世界にいるみたいな不思議な夢を見続けてきて、生まれ変わってからもなんとなく現実感のないまま、ぼーっと生きてきた私……『コゼット』。

正直、夢をみることを気持ち悪く感じたり、自分は誰なんだろうと思うことすらあった。

あまりにも頻繁《ひんぱん》に夢をみるものだから、そのうち気にしなくなっていったけれど……

でも、しっかりと前世を自覚したことで、急に視界がクリアになったような気がする。

過去も前世も取り戻せない。だからこそ、今をしっかり生きていけたら……そんなことを考えながら、私はやっと眠りについた。

◆◆◆◆◆

そして翌日。

朝早くから目を覚ました私は、入念なストレッチを開始した。

うんしょ。うんしょ。

しかし腹の肉が邪魔をして、前屈の姿勢が九十度にもならない。せいぜい百二十度くらいか。

ラジオ体操の要領で左右の脇腹を伸ばそうにも、腹の肉が邪魔して……以下略。

とりあえずストレッチになってるんだかなってないんだかサッパリわからないが、普段まったく動かない私はうっすらと汗をかいていた。

時計をみると、いつもシシィが起こしてくれる時間までまだしばらくある。

私は庭園を散策することにした。


「ボブじい～お花の様子はどうかしら～」

普段よりペースをあげてテクテクと庭園の庭師のところまでいって声をかける。自慢のアフロヘアーにひげ面のボブじいは二メートル近い大男で、見た目は怖いけれど花を愛する優しいおじいちゃんである。

「ハーイ、お嬢様、おっはようございマース。いいところにキタネ！　いまちょうど露薔薇《つゆばら》が咲き始めたところなんダヨ！　ハハッ」

ボブじいがおすすめの露薔薇のところまで案内してくれる。ちにみにボブじいは王国外出身で、変わった喋《しゃべ》り方をするが、もはや慣れっこだから気にしない。むしろ気にしてはならない。

露薔薇はこの世界独特の花で、前世ではみたことがない。朝顔のように朝に咲き、夕方にはしぼんでしまう特殊な薔薇だ。

とくに咲き始めが美しく、朝陽《あさひ》に照らされた花弁は虹色の輝きを放つ。

「まぁ、なんて美しいのかしら！　こんなに美しいものが見られるなんて、今日はいいことがありそうだわ！」

虹色の輝きに満ちた露薔薇の茂みはまさに夢の中のような光景で、あまりの美しさにとても幸せな気持ちになった。

「それでお嬢様。今日はなにかあるのかな～⁉　ハハッ！」

ボブじいがこう聞いてくるのには訳がある。

私の趣味は庭造りではあるのだが……私はほぼ指示を出すだけで、実際の作業はボブじいがやってくれているのである。

何故って？

だってしゃがめないから。お肉のせいで。

何度かしゃがもうとトライしてみたものの、膝を曲げようとすると後ろにコロリと転がってしまうのだ。

しかも起きられない。

転ぶ→助け起こされる→転ぶ、のループを繰り返した結果、仕事がはかどらないので頼むから自分に作業させてくれとボブじいに言われたのだ。

それ以来私は、さながら現場監督のように庭園造園の指示をだしているのである。文字通りどっしりと座りながら。

「いいえ、今日はなにもないわ。私、実はダイエットを始めたの。だからこれからちょくちょく散策にくると思うわ。しゃがめるようになったら作業の手伝いをするから、待っていてね！」

私の決意に胸を打たれたのか、しばし呆然《ぼうぜん》としていたボブじいは、ふわりと夢をみるように微笑んだ。

なんて慈愛に満ちた、優しい笑顔なのかしら……漫画みたいにボブじいの背景に花が咲いてるように見えるわ！　ん？　ああ、なんだ後ろ花壇か。

「期待しないで、待ってまーすよー」

「期待してよっ！」

「だってお嬢様、食べるの大好きじゃないカーイ。ハハッ！」

ボブじいがキラリと歯を輝かせて、最高の笑顔とサムズアップを決める。

……ムカついたので部屋に帰ることにした。


部屋に帰るとシシィが待ち構えていた。

「お嬢様、どちらにいらっしゃったのですか⁉　どこかへ行くときは声をかけてくださいと、あれほど……」

「庭園よ。朝早くからシシィを呼びつけるのは可哀想《かわいそう》だと思ったから……ごめんなさい」

お小言《こごと》が始まりそうな気配にあわてて、シシィの言葉を遮《さえぎ》るように謝罪した。

こうして先に謝ればシシィのお小言は続かないのだ。

案の定シシィは、やれやれといった様子で話を変えてくれた。

「お嬢様、昨日ご所望《しょもう》になった『スリッパ』ができてございます。こちらにお持ちいたしました」

「もう⁉　まったくあの靴職人は素晴らしいわね！　なにか、急がせたお礼をしなければいけないわね」

うちの出入りの靴職人は本当に腕がいい。その上仕事も早いのだ。

「うふふ、お嬢様。あの靴職人は、いつも自分の作った靴を無邪気に喜んでくださるお嬢様が大好きなのですわ。お嬢様のデザインされた靴だといったら、他の仕事を放り出してもすぐに仕上げる！ と言っていましたもの」

「だっていつも本当に素晴らしい靴を作ってくれるんですもの。喜ぶのは当たり前だわ。とはいえ他の仕事を放り出すのは良くないわね。でも……嬉しいわ！」

靴職人の優しい気持ちに、思わず笑みがこぼれた。


さて、出来上がってきたスリッパは……

前世ではよくあった、ごく普通のスリッパ……とほぼ同じだが、少しだけ違うところがある。

スリッパの足を置く底の部分が、足の土踏まずのあたりまでしかないのだ。そのため、全体的な長さは十センチもない。

そして底の部分を通常より厚めに三センチくらいの高さを出した。

そう…… 一世を風靡した、ダイエットスリッパである‼

あえてかかと部分を作らず、常につま先立ちの状態にすることで足の筋肉を引き締めるとともに、不安定な足場でバランスを取ろうとする体が勝手にカロリーを消費するというスグレモノ。

エクササイズするヒマがない主婦が、いつもの家事のときに履くだけでダイエット効果のあるダイエットスリッパ‼

前世の私の愛用品だ。

まぁ、本格的にダイエットするにはこれだけでは足りないだろうが、私はあまりにも太りすぎているため、急な運動をすると体のいろんな部分に不具合が生じる可能性がある。

ていうかそもそもあんまり動けない。お肉がつき過ぎて。

なので、まずはこのスリッパを履いての屋敷内ウォーキングと食事制限から始めようと思うのだ！

我ながらいい作戦だ。

もしかして天才じゃなかろうか。

一番の難関は食事制限だな。

正直、自信がない……

閑話：シシィの気持ち

私、シシィはエーデルワイス伯爵家のご令嬢である、コゼットお嬢様付きの侍女である。

初めてお嬢様に会ったのは四年前、私が十二歳のときにこの屋敷に勤めて間もないころだった。

当時はまだお嬢様付きではなかったが、お嬢様のお姿はよく目にしていた。

なぜかというと、お嬢様は少々……いやかなりドンくさく、動くのが遅いのだ。歩くのも遅い。しかもなにもないところで突然立ち止まったり、しばらくぼーっと宙を眺めていたりする。

伯爵家の広い屋敷の中をせわしなく動いている私は、庭園でぼーっとしているお嬢様をよく見かけていたのだ。

小さなころからふくよかでいらしたお嬢様はまるで雪だるまのようだったし、置物と間違えて近くまできてからギョッとしたことも一度や二度ではない。時々、そのぼーっとした顔つきが何故かひどく悲しげに見えることがあったが、仕事に忙殺されていた私には余裕がなく、気にも留めていなかった。

そんな風に、正直あまり興味もなかったお嬢様と仲良くさせて頂くことになったのは、私が伯爵家にきてから二年後。伯爵である旦那様に抜擢《ばってき》され、お嬢様付きになることを命じられてからだった。

本当なら平民出身の私が伯爵令嬢のお傍《そば》付きになれるなんて、とても考えられないことだから、ものすごくびっくりしたのをよく覚えている。けれど旦那様はあまり身分にはこだわらない方だと庭師のボブさんに聞いていたから、なんとか納得できたんだけれど。

後になって、お嬢様が「侍女がつくならシシィがいい」と言ってくれていたと聞いたときは、本当に嬉しかった。だって、たかが平民の下級使用人の名前を知っている貴族令嬢が、どこの世界にいると思う？

でもそんなことを知らない当時の私は、お嬢様を変な子だなぁとしか思っていなかった。

お美しい伯爵ご夫婦に比べてあまりにも……残念な容姿というか体型であられるお嬢様付きになるのは、美しいもの好きな私にとってあまり嬉しいことではなかった。

ボブさんや料理長がやたらとお嬢様贔屓《びいき》なのも謎でしかなかったし、出入りの靴職人がお嬢様の注文した靴を明らかに優先して作っているのも、意味がわからなかった。

しかし私は、お嬢様付きになって三日も経たないうちに、あっという間にお嬢様のとりこになってしまったのだ。

お嬢様は確かに少し……ふくよかなため、顔の肉に潰《つぶ》されて瞳は細い糸目のようになっていたりするが、笑い顔がとっても、とっても可愛らしいのだ！

ふつう、伯爵令嬢ともなれば侍女や庭師と親しく会話をしたり、ましてありがとうなどと言ったりはしない。

しかしお嬢様は、嬉しいときは嬉しいとニコニコと笑い、召使いや下働《したばたら》きにだって分け隔てなく接する。

侍女として当たり前の仕事をしているだけなのに、あんなに可愛らしい笑顔でお礼を言われたら、誰だって好きになってしまうと思う。

現に私も、気が付けばお嬢様の笑顔が見たくて命じられていないことまで気を回して、お嬢様が喜ぶことばかりを探していたのだ。しかしお嬢様に魅了《みりょう》されていくうち、時折見せる悲しげな顔のことを思い出し、気になって気になって仕方がなくなった。

お嬢様に元気がないのは、朝起こして差し上げたときが多かった。心配になって尋ねてみても「不思議な夢をみる」としかおっしゃらず、どうしてあげることもできなかった……そのことは今でも歯がゆく感じている。

だからそんなとき、私は余計に躍起《やっき》になってお嬢様の喜ぶこと探しをした。

私の見つけた『お嬢様の喜ぶことリスト』の一番上は、もちろん好物を召し上がられたときだ。とくに甘いもの……ケーキの効果は抜群である。けれどケーキ以外でも、お嬢様には好きな食べものはあっても嫌いなものはないので、どんなお食事でもニコニコ笑って美味しく召し上がられる。そんな大好きなお食事のときの笑顔は格別で、美味しいものを召し上がったときのフニャっとした顔は、それだけで周りが幸せな空気に包まれるほどだ。

気難しくて恐れられている料理長が調理場から抜け出して、こっそりとお嬢様のご様子を窺《うかが》っているのも頷ける。

しかし料理長にもこだわりがあるらしい。お嬢様のご要望通りのメニューにすると、お嬢様の体重がさらにとんでもないことになる……ということで、お嬢様の好物はあまり作らないようにしているそうだ。

まぁ、ご要望に沿っていない料理でもおかわりを連発するので、むなしい努力に終わっている気はするが……

庭師のボブさんも、お嬢様の喜ぶ顔が見たくてお嬢様好みの花を綺麗《きれい》に咲かせてはご案内している。

そして私も、靴職人も。

お嬢様にいつも笑っていてほしくて、私たちは昔から……そして今でもずっと、お嬢様の喜ぶこと探しをしている。

貴族らしい婉曲《えんきょく》な物言いやテンポの良い会話ができず、ぽやんとしたお嬢様は、貴族の皆様の間ではあまり評価されていないご様子だが……

私たちは、そんなぽやんとした優しいお嬢様が、大好きなのだ。

予想外のデザイナーデビュー

スリッパの完成からはや三ヶ月。

私のダイエットは順調な成果を結んでいた。

途中、重さに耐え切れずスリッパがすぐにへたるというアクシデントには見舞われたものの、何故か私のダイエットにやたらめったら協力的な靴職人によって新しいスリッパが次々と製作されていたことで解決された。

当初布地に綿を詰めて作っていたスリッパは、回を重ねるごとに改良がなされ、現在の最新モデルのソールにはなめし皮が採用されており、中敷きに羊の皮を用いたラグジュアリーモデル、削り出した木を用いたツボ押し効果のある健康推進モデル、全面に刺繍《ししゅう》をあしらった女性に嬉しいファッショナブルモデルなどがある。

ちなみに命名は私だ。

このスリッパ、ダイエットがまったく必要ないお母様のお気に召し、お母様主催のお茶会に履いて登場するという暴挙にでたことで、社交界ではいま、一大スリッパムーブメントともいえるスリッパブームが起きている。

前世を知る私にしてみると、スリッパは室内履きであって決して屋外でのお茶会や、まして夜会で履くものではない！　と激しい違和感があったのだが……

社交界の華《はな》といわれたお母様の威光の成果なのか、現在夜会では洒落者《しゃれもの》を自負する紳士淑女の皆様がスリッパで踊る、という光景が繰り広げられているそうだ。

しかし、ソールがなめし皮製な上、足元の不安定さから転倒するものが続出した。

無理もない。ていうかそもそもスリッパは踊る目的で作られていない。

この事態は私のせいか……と頭を悩ませていると、解決策は意外なところからあらわれた。

なんと庭師のボブじいが、屋敷の裏山でゴムの木を発見したのである。

採取したゴムの木の樹液は紆余曲折《うよきょくせつ》をへてなんとか加工に成功し、現在製作されているモデル、〝外履き！　ダンスもできる高性能スリッパ〟にはゴム製ソールを用いた滑り止めがついている。

ていうかこれ、もはや健康サンダルなのでは……

ともあれ、スリッパの副産物ともいえるゴムの存在は、靴業界を揺るがす大発見であった。

ゴムの登場により、雨や泥に強く滑らない靴底が作れるようになったということで、靴職人は狂喜乱舞していた。

ゴムの利権だの使用権だの、難しいことはよくわからない……というか面倒くさいのでお父様に丸投げした結果、わが家、エーデルワイス伯爵家の靴ブランドが近々できるらしい。

まあそれは置いといて、改めて姿見に我が身を映してみると、スリッパウォーキングのおかげで全体的にシルエットが少しだけスッキリしてきた気がする。

動きやすくなってきたし、そろそろもう少し本格的な運動をしてみてもいいかもしれない。

今日もお気に入りのスリッパで屋敷内をウロウロしながら、つらつらと次のダイエットのプランについて考える私だった。

最近、気がつくとスリッパのことで頭がいっぱいだが、そもそも私の本来の目的はダイエットである。

そしてゆくゆくは、悪役令嬢の取り巻きB（またの名をチュートリアル令嬢）としての敗北を回避することが最終目標だ。

というか、何故にこんなにスリッパに振り回されねばならんのだ。

最近で一番の衝撃はあれだ。

この国で最高の権勢を誇る女性、つまり王妃殿下が、国王主催の夜会にスリッパで登場されたのである。

年齢的に夜会に出ることの叶《かな》わない私がお母様からそれを聞かされたときの衝撃がいかほどだったか、おわかりいただけるだろうか。

むしろ夜会に出席できなくてよかった。

思わず突っ込んでしまうところだった。

嬉しそうに報告してくださるお母様を張り倒さないのが精いっぱいだった。

しかしもはや、スリッパが室内履きであるなどと誰がいえようか。

まあ王宮は室内だし、広い意味でいえば舞踏会場だって王妃様のご自宅みたいなもんだからギリセーフか⁉

いや、アウトだろ……

だめだ。自分をごまかせなかった。

しかし私がどう思おうと、この国一番の女性がスリッパを夜会で履いたのならば。それはもはや正装である。

スリッパだけど。

足元スリッパだけど!!

これだけちまたで流行《はや》っているのだ。流行に敏感な王妃様がスリッパを見逃すはずがないに決まっている。

バカ！　バカバカ！　私のバカ！

まあ、落ち込んでいても仕方がない。

このうえは、新たな靴の流行を作り出し、スリッパを速やかに時代の波におし流す所存である。

そう、可及的速やかに。

ということで、私はダイエットと同時進行で新たな靴の開発に乗り出すことにした。

靴に関しては発見されたゴムを使った製品を考えている。

同じくダイエットでもゴムを使ったエクササイズを取り入れるつもりだ。

あとは日課の屋敷内散歩の範囲を屋外まで広げ、早足でのウォーキングに切り替えることでさらなる効率アップをはかっていく。

新たな構想に目覚めた私は、さっそくシシィに頼んで靴職人を呼び出した。

「パッパラーーー！　ハイヒールゥーーー（某国民的アニメ風に）そして続きまして！　バランスシューズゥーーー」

わぁーぱちぱちぱち。

靴職人のエドとシシィから拍手が沸き起こる。

なんだかシシィの目が若干冷たい気がしないでもないが、ドラ○門を知らないのだから仕方がない。

反対に、自慢の作品を華麗に披露《ひろう》されたエドのほうは誇らしげな表情で鼻の穴を広げている。

エドとの綿密な打ち合わせを経て作られたシューズブランド、その名も〝シグノーラ〟の新作である。

イタリア語のセニョーラを文字って名付けてみた。

この新作には靴底とインナーに型押しでシグノーラの刻印が施されている。

何故かというと、昨今のスリッパブームをうけて色々な靴職人や服飾店がスリッパの模造品を販売したが、ゴムの製法を我がエーデルワイス家が独占しているため、模造スリッパによる転倒事故が相次いだのだ。

商品に刻印を施し、ブランド化することによって模造品と見分けがつく、という寸法だ。

さて、まずはハイヒール。

前世のハイヒールを参考に、靴のかかと部分を高く作っている。しかしハイヒールに不慣れなこちらの世界の貴婦人たちが転倒するといけないので、まずは四センチくらいの高さにしてある。これだとハイではなくミドルヒールって感じだろうか。

ヒールにはなるべく軽くて丈夫な木を使い、重さを軽減するために中をくりぬいている。

自慢の体重を活かした耐久テストを何度も繰り返したため、折れる心配はない。

ヒールの先端、靴底の部分にはゴムシートを貼り付けているためグリップ力もバッチリ。

激しいダンスでクイックなターンだってお手の物だ。

カラーは人気の赤、緑、青をご用意！

光沢のある絹地に金糸銀糸で刺繍を施し、スワロフス○ー（風の）クリスタルを縫い付けていてファッション性バッグン！

今夜の夜会は殿方の視線を独り占めできること間違いなし！

…………ハッ！

途中からテレビショッピング風の紹介になってしまった。

しかも心の声がダダ漏れだったようで、シシィの視線が冷たいを通り越して宇宙人をみる目になっている。

対してエドは感動と尊敬が入り混じった表情だ。心なしか息が荒い。

「ゴホン！　まぁ、そんな感じの靴なのよ。これをお母様に履いていただいて、流行らせてもらいましょう」

「かしこまりました。後ほど奥様にお届けしてまいりますね」

「それより、そちらのバランスシューズ？　のほうが気になるのですが……どうして靴底がデコボコしてるんですか？　とても歩きにくそうです」

「フッフッフッ……良いところに気づいたわね、ワトソンくん！」

「誰でも気づくと思います。ていうかワトソンて誰ですか」

「この靴はね～……履いてみればわかるわ！　さぁどうぞ！」

ワトソン……とつぶやくシシィに靴を履かせた。

「えっ、きゃっ！　グラグラします！　まっすぐに立つだけでも足がプルプルして、すごく疲れます～」

「そう！　それが狙いなのよ！　この靴は、わざとバランスを取りづらくしているの。そのせいで、普通に立ったり歩いたりするだけで、足のシェイプアップや美脚効果が期待できるのよ！」

ドヤァ……私コゼット、渾身《こんしん》のドヤ顔でクルリとターンを決めて見せた。底についたボールのおかげで回転動作はしやすい。

コマの要領だ。

お肉による遠心力で予定より多めに回っております。

回転が止まったところでビシイイッと天に向かって指を指してみせたが、シシィはヘッピリ腰で部屋の角に向かって進んでいた。エドが相変わらずキラキラした目で私をみつめて拍手していたのでヨシとする。

「この靴でランニングすれば、ダイエット効果バツグンよ！　憧れのスリムライフ待ったなし!!　ってきゃあああ」

ドーーーン　ドカーーーーーー

バランスを崩したシシィが突っ込んできて、二人揃って盛大にこけた。


シグノーラの新商品、ハイヒールの売れ行きは好調だ。

スリッパのときと同様に、お母様が夜会で履いてくださったことで貴婦人たちの間に着々と浸透してきている。

王妃様効果もあり完全に市民権を得てしまった感のあるスリッパを駆逐《くちく》することはまだできていないが、ハイヒールが多くの貴婦人の足元を飾る日も遠くないだろう。

ちなみにバランスシューズはまったく売れていない。

使用目的がわからない、というのが最大の理由だ。

こちらは私のダイエットのために作ったようなものなので構わないが。


すごーーーーくいい商品だと思うんだけどね！

悔しくなんかないんだからねっ！


ふう。そしてバランスシューズダイエットも順調である。

この世界には体重計がないため詳しい重さがわからないのが残念で仕方ないが、体感ではかなり軽くなっているように思う。

見た目的には、最初の超重量級力士体型から、ややぽっちゃり……違いますの、これは大根ではなく足ですの、くらいの変化だろうか。

色白も相まって雪だるまそっくりだったことを思えば、今は可愛い白ブタくらいにはなれただろう。

思えばダイエットを始めてはや半年が経過し、季節は秋から春に移り変わっている。

子供というのは身長も伸びるしもともとの基礎代謝も高いため、ダイエットの成果も出るのが早いような気がする。

今ではしゃがむこともできるし、庭を駆け回ることだってできるのだ！

やらないけど。最近忘れがちだけど令嬢だから。

春が近付いてきたお陰で最近は暖かい日が続くようになってきた。そろそろお茶会などの社交のお誘いも増えてくるころだ。

ダイエットによって生まれ変わったニューコゼットを披露できる日が楽しみで楽しみで、最近の日課になった肌や髪のお手入れが嬉しくて仕方がない。

自室の鏡台の前にどっしりと腰を下ろした私は、梳《す》かれるたびに艶《つや》を増していく自分の髪をニコニコしながら眺めていた。

私の栗色の髪はこの世界では平凡だけれど、お母様譲りのこの髪が私は大好きだ。

「お嬢様、随分《ずいぶん》ご機嫌ですね。なにかいいことでも？」

私の髪を優しく梳きながらシシィが問いかける。

「だってシシィ。この髪を見てちょうだい。シシィのお陰でこんなに綺麗になったわ。まるでお母様みたい！　この綺麗な髪を披露できるお茶会が楽しみで仕方ないの」

「まぁ……うふふ、そういえば随分髪質が変わられましたね。あまりお肉を召し上がらなくなってからでしょうか」

「そうね！　揚げ物と脂身はデブの大敵だもの」

私たちはキャイキャイと美容談義に花を咲かせた。これぞ乙女の醍醐味《だいごみ》だ！　前世で日に日に増え行くしわやシミに対する対策を、近所の奥さんと井戸端会議していたのが懐かしい。

懐かしい感覚に嬉しくなりながら、ふと鏡に映ったシシィの顔をみると……健康的に日に焼けた肌に、小さなそばかすが浮いていた。

「ねえ、シシィ。あなた、そばかすなんてあったかしら？」

私の問いかけに、シシィは困ったように眉を下げ、残念そうに溜め息をこぼした。

「いえ……最近日差しが強くなってきたせいか、急にそばかすが浮いてきて……」

「うーん……わかったわ。シシィ、レモンはあるかしら？　あとはキウイとか、きゅうりとかイチゴとか……」

「は？　お嬢様、お腹が空いたのですか？　先ほど三時のおやつだとマフィンを召し上がられたばかりなのに……いけませんよ！　そんなことではダイエットが……」

「あのマフィンはキャベツのマフィンだったからノーカンよ！　って食べるわけじゃないの！　お願い！」

「はあ、まったく……」

やれやれと呆《あき》れ顔をして、シシィは厨房《ちゅうぼう》へと向かっていった。その背を見送りながら、私はいそいそと鏡台の引き出しから自分専用の陶器のボウルとすり鉢、すりこぎなどを取り出した。

かちゃかちゃと準備を整えていると、程なくシシィがフルーツを満載にしたお皿を掲げて戻ってきた。

食べるわけじゃないっていったのにな。でも美味しそう……ごくり。

「お嬢様、失礼いたします。ご所望のものを持ってまいりました」

「ありがとう！　そしたら、これとこれと～！　それでこうして～ふんふんふん♪」

綺麗に盛り付けられたイチゴとキウイを遠慮なくボウルに入れると、すりこぎでグイグイすりつぶす。

「きゃああ、お嬢様⁉　なんてことを！　食べ物で遊んではいけませんとあれほど奥様が！」

「遊んでないから！　黙ってみてて！　あ、忘れてた。シシィ、ちょっと腰かけて天井を見てくれる？」

「えええ？　お嬢様の前で座るわけには……はいはい、わかりました。こうですか？」

渋るシシィを無理やり椅子に座らせると、私はその顔にスライスレモンをちょいちょいと載せていった。

「ひゃあああ⁉」

「ふんふんふ～ん♪」

「お嬢様、お嬢様――⁉　…………あれ、なんか気持ちいいかも……」

その後、レモンパックを終えたシシィに、キウイとイチゴのフルーツピーリングをし、仕上げにきゅうりのパックをした。こちらの世界では野菜やフルーツでパックをする習慣がないのか、シシィはずっとぎゃーとかぎょーとか言っていたが、だんだんに気持ちよくなってきたらしく、最後にはうっとりとしていた。そしてピーリングとパックを終えると、そばかすがほんのり薄くなったような気がすると、目を丸くしていた。

まあ、そんなにすぐに効果が出るわけじゃないんだけど、気の持ちようかしら。

後はできるだけ毎日レモンパックをするように指示して、私が密かに自作したフルーツ化粧水をプレゼントした。

しばらくするとシシィのそばかすはすっかり消え去り、元の綺麗な肌に戻っていたが……それと同時に、我が家でフルーツパックが大流行し、お母様が顔をきゅうりまみれにしてお父様が腰を抜かすという事件が発生したのは私のせいじゃないと思う。……たぶん。

冬の気配がすっかり消え去り、今日は春の訪れを祝う、王太子殿下主催のお茶会だ。

このお茶会を皮切りに、様々な名目で貴族の子弟たちのお茶会が開催されていく。

大人たちでいう社交シーズンの到来のようなものだ。

王太子殿下主催ということで、このお茶会は王宮のガーデンテラスで行われる。

会場にはすでに色とりどりの衣装に身を包んだ令息、令嬢たちが集まっており、さながら花々の咲き乱れる花畑のようだ。

いつもは憂鬱《ゆううつ》なお茶会だが、ダイエットの成果をみせられるとあってワクワクしていた。

今日の装いは、若草色のオーガンジーのドレスに白とエメラルドグリーンのレースとリボンをあしらったもので、爽《さわ》やかな新芽をイメージしてみた。

足元はドレスと同色のハイ（ミドル）ヒール。絹の光沢《こうたく》が美しい。

風にひらひらと舞うスカートが嬉しくてひとりにまにましていると、見覚えのある人物が近づいてきた。

公爵令嬢レミーエ様とその取り巻きの信号機令嬢だ。

「貴女……見ない顔ね。どちらの家の方かしら⁉　ちゃんと招待状は持っていらっしゃるのかしら」

レミーエ様が相変わらず豪快な……間違えた。豪奢な縦ロールをひるがえして私をねめつける。

ローズレッドの大人びたドレスに身を包み、レースの手袋に覆われた手は腰。華奢なあごをつんと反らせ、赤い唇をとがらせている。そして信号機令嬢たちも何故か同じポーズをとっている。

ちなみに足元は全員スリッパ。

さすが流行に敏感なレミーエ様である。

いつも思うけどあの縦ロールはすごいなぁ。どうやって巻いてるのかな……

「聞いているの⁉　ボーッとして、まるでコゼットみたいね！　コゼットも見つからないし、まったく困ったものだわ。あの巨体が見つからないなんておかしな話だこと！　オーホホホ！」

レミーエ様が上体を反らし、それは見事な高笑いを放った。

そして信号機令嬢たちも綺麗に揃った一糸乱れぬ上体反らしをする。

なんて見事なシンクロ率。練習したのだろうか。あの揃い方は一朝一夕《いっちょういっせき》にできるものではない。

そして、見事な、悪役感……これがゲーム補正というものか。あの三人の後ろが私の定位置だった。私も同じポーズをとるべきだろうか。

できるかな…………不安だ。

私にもゲーム補正って働くのかしら。

少し体を反らしてみる。

うぅ……け、結構、腹筋に、負荷が……

「あら、貴女なかなか筋がいいわね。そうよ、そのまま腰から後ろに反るような感じで……」

レミーエ様が私の腰の後ろに手を添えて、指導してくださる。

この方、結構面倒見がいいんだよね。私を探してくれていたみたいだし。

「……ってそうじゃないわよ！　貴女は誰なのって聞いてるのよ！」

添えられていたレミーエ様の手が放され、思わずふらついてしまった。

「あ、あら、ごめんなさい。ケガはなくって!?」

…………優しい……………

「大丈夫ですわ、レミーエ様。それから私、コゼットです。ご挨拶《あいさつ》が遅れてしまい申し訳ございません」

「コゼットですって!?　まぁ、なんということでしょう!!」

レミーエ様と信号機令嬢が揃って目を丸くする。

なっ……！　こんな仕草までシンクロしているだと⁉

なんだろう、なんだか羨《うらや》ましい。

「ええ、少しダイエットしましたの。体が軽くなりましたわ」

「素晴らしいわ！　まるで別人よ！　膝の痛みは大丈夫なの⁉」

私の膝の心配までしてくれる。なんて優しい方なんだろう。

「うふふ、大丈夫ですわ。ありがとうございます」

「本当にすっきりして……気づかないわけだわ。貴女を探していたのよ。ねえ、貴女の庭園でのお茶会に侵入した少女を覚えていて⁉」

嬉しくてニコニコしていると、レミーエ様が急に声をひそめたので、私もつられて内緒話をするように顔を寄せる。

「え、ええ、確か、アンジェさんといいましたかしら？　私ったら驚いて倒れてしまい、申し訳ありませんでした」

「それはいいのよ。誰だって驚くわ。それであの方……あのあと、時々王宮で見かけるのよ。しかも、王太子殿下の周りをウロチョロと。おかしいと思わない⁉　たとえ王太子殿下のお気に入りだとしても、いち庶民が王宮への出入りを許可されるなんて」

それは確かにおかしな話だ。

そもそも、迷い込んだとはいえ、私の……伯爵家の私有地に侵入しておいてなんの罪にも問われていないということがなによりおかしい。

ましてて王太子殿下もいらっしゃったのだ。警備は厳重であったはずだし、何故子供が侵入できたのか。

あのときは蘇った記憶で混乱していたし、ゲームのプロローグイベントだと思って流してしまったが、考えてみればおかしなことだらけだ。

私が倒れた後、お茶会を取り仕切ってくださったのは、お母様……そして警備の担当は誰だったのか……思い出せない。

お母様なら、知っていらっしゃるだろうか。

「それは、不思議な話ですわね。あれから王宮にお邪魔する機会のなかった私は存じ上げませんでしたが……」

私は困ったように微笑みながら首をかしげた。

ここでこの話を大きくするわけにはいかない。王太子殿下のいらっしゃるお茶会での不備は、我が伯爵家の致命的な失態ともなるからだ。

私はごまかすように手をひとつ叩くと、話を変えることにした。

「そういえば皆さま、この靴をご覧になってくださいませ。シグノーラの新作ですのよ」

ドレスの裾《すそ》を少し持ち上げ、ハイヒールを見せた。

すると途端に令嬢方は目を輝かせて、私の自慢の靴に釘付けになった。

「んまぁ！　素晴らしい！　スリッパで有名なシグノーラの新作ですって⁉　噂には聞いていたのですが、人気がありすぎて手にはいりませんでしたの。お母様は手にされていたのですが、私たちのサイズはまだ展開されていないと……」

レミーエ様の声が尻すぼみになって、私の靴を羨ましそうにみつめる。

信号機令嬢たちも口々に褒めたたえてくれたが、最後は残念そうな、羨ましそうな表情で口をつぐんだ。

私は悪戯《いたずら》っぽく微笑むと、唇《くちびる》に人差し指を添えてささやいた。

「実は、シグノーラは我が伯爵家が作ったシューズブランドですの。だから特別に作らせたのですわ。もしご所望でしたら、皆様の分も……」

「まあああ！　素晴らしい!!　是非とも宜《よろ》しくお願いしたいですわ！　詳しいお話を聞かせてくださいませんこと!?」

そうして鼻息の荒い令嬢たちと靴の話をしようとしたとき、会場がにわかにざわめきだした。

どうやら王太子殿下が登場されたようだ。

「皆さま、王太子殿下がいらっしゃったようですわ。お話は後ほど詳しく……」

ほどなく……お茶会の開始を告げるオーケストラの演奏が会場に響きだした。

今シーズン最初のお茶会は、王太子殿下主催なだけありそれはそれは華やかなものである。

普通、お茶会では夜会とは違い、弦楽器の四重奏などの演奏がなされるが、今回はなんとオーケストラ。豪華にもほどがある。

お茶会というよりは、本格的なガーデンパーティーに近いかもしれない。

会場であるガーデンテラスは中と外を区切るガラス扉が開放され、自由に行き来ができるようになっていた。

テラスの奥、周りよりも一段高くなっているステージからオーケストラの美しい音色が響きわたる。私たちがいるのはテラスの中ほどだが、音響が計算されているのかその音は会場の隅々まで聞こえているようだった。

私も皆さまと同じように王太子殿下のほうに目をやると、ステージの壇上に立つ殿下が会場をぐるりと見回した。

なんだろう……なんだか目が合った⁉

ほんのしばらくみつめ合った気がしたが、王太子殿下の視線はすぐに外れていった。

気のせいか。殿下が私のことなんて覚えてるわけないよね。

「今日はよく集まってくれた。このように爽やかな晴天に恵まれ、私も嬉しく思う。咲き誇る花々も暖かい春の訪れを喜んでいることだろう。皆も楽しんでくれたまえ」

その言葉を合図に、メイドたちがそれぞれのティーカップに紅茶を注ぎはじめる。

なんて素晴らしい香りの紅茶なのかしら！

会場中に紅茶の高貴でかぐわしい香りが広がり、皆が感嘆の声を漏らした。


私たちは庭園に据えられたテーブルに腰掛け、ファッションの話に花を咲かせていた。

「それにしても、シグノーラがエーデルワイス伯爵家のブランドだったなんて。どおりでいつも素敵な靴をお召しになっていたのね！　さすがはエーデルワイス夫人！」

「うふふ、ありがとうございます。母も喜びますわ」

夢見る乙女のように瞳をキラキラと輝かせながら言うレミーエ様たちの様子を見ながら、私はにこにこして頷いた。

私が発案やデザインをしているのがバレると色々面倒くさそうなので、シグノーラのデザインはお母様がしている、ということになっている。これはお母様も了承済みだ。

それに、私がデザインしているというより、評判がいいと思う。信用性が違うというか……カリスマ性みたいな。

モデル兼広告塔としてもバッグンだしね！

「あと、ずいぶん痩せられましたわよね。ダイエットをしていた、とおっしゃっていましたが、どんなことをされましたの⁉」

信号機令嬢のなかでも少しぽっちゃり気味の子爵令嬢、ひと呼んで黄色のマリエッタ様がずずい、と身を乗り出してくる。

マリエッタ様は気にしてらっしゃるけど、オバちゃん目線で言わせてもらえば、これくらいふくよかな方が女の子らしくて可愛いんだけどな。

まぁ、若い女の子にとってダイエットは永遠の命題だしね。私も若いころは少しでも痩せたかったものよ。あ、今もか。

しかし、これはチャンス。

「ええ、よくぞ聞いてくれました！　見てくださいませ！　ここに取り出しましたるは、ハイヒールと並ぶシグノーラ自慢の新作商品でございます。こちらのソールをご覧ください、ここにボールがついておりますでしょう⁉　何を隠そう、このボールがダイエットのキモなのでございます。このシューズの特徴は……」

「コゼット嬢！　コゼット嬢！」

「いいえ、お高くなんてございませんわ！　見てください、このお値段！　今回は特別にこのお値段でご用意させて頂きました。いまだけ！　ここにいらっしゃる皆様だけのお値段です。このお値段でのご奉仕は本日の御注文に限らせて頂きます！　さぁ……」


「コーゼーーーーットじょーーーーーーーう‼」

耳元で叫ばれ、肩を掴んでガサガサ振られた。

「はっ⁉　私は今なにを……⁉」

私の肩を掴んで揺さぶっているのは、待従だった。そして気が付けば、いつの間にやらテーブルの周りを囲むようにたくさんの人が集まっていた。

レミーエ様たちと話し出してからの記憶が曖昧だ。なにかに意識を乗っ取られていたみたい。

怖いわ……これもゲームの影響なのかしら。

なんだかレミーエ様たち、特にマリエッタ様の私をみつめる目が怖いし。まるで教祖をみる信者のよう。

それに周りの方たちがなんだか太いわ。少し暑いわね……

「コゼット嬢、気づかれましたか。お気を確かに。王太子殿下がお呼びです。お越しいただいてよろしいでしょうか」

「王太子殿下が……⁉　なにかしら。すぐに伺いますわ」

なにか仕出かしてしまったのだろうか？　あいにくとまったく身に覚えがないが……

私はすぐに席を立つと、目を丸くしてこちらをみつめるレミーエ様たちにご挨拶し、侍従の後をついていった。


侍従に案内されたのは、ガーデンテラスから少し離れた部屋だった。

お茶会の招待客の声も、さすがにここまでは届いてこない。

侍従が美しい装飾の施された扉をノックする。

「王太子殿下、コゼット嬢をお連れいたしました」

「はいれ」

室内には二人掛けのソファが二つ、向かい合うように据えられており、間にはテーブルがあった。

さすがに王宮であるからか、びっしりと刺繍の施された豪奢なソファのクッションはみるからに座り心地がよさそうだし、テーブルは飴《あめ》色の光沢が美しく、顔が映るくらいに磨き抜かれている。

王太子殿下は私がはいってきた扉より奥側のソファに座っておいでだったが、その眉は不機嫌そうにひそめられていた。

うっ……ただでさえ緊張するのに、なんか不機嫌そう。やだな……

私は緊張にガッチガチになりながら、できるかぎり優雅にみえるように歩き、殿下へと淑女の礼をした。

お母様の仕草を参考にしたつもりだが、上手くできているだろうか。

「失礼いたします、王太子殿下。エーデルワイス伯爵が娘、コゼットにございます。お呼びと聞きまして駆けつけました次第にございます。殿下におかれましては、ご機嫌麗《うるわ》しゅう……」

「よい、呼び出したのはこちらなのだ。楽にするがよい」

「……ありがとうございます。失礼いたしますわ」

殿下に促され、向かいのソファに腰掛けた。

良かったー普段言い慣れていないから舌噛むかと思った。

というか、「ご機嫌麗しゅう」のあとってなんて言ったらいいんだっけ。みんなだいたいここで遮られるから覚えられないんだよね。

殿下の向かいでお言葉をジッと待つが、殿下は微妙に斜め下らへんを見ていてなかなか話し出さない。

何見てるのかな。……膝……!? 床……!?

なんとなく私も同じところをみつめてみるが、特になにもない。床に敷かれている絨毯はそりゃあ素晴らしく豪華ではあったけど。

「あの、殿下……それで、お話というのは……」

ピンと伸ばした背中がそろそろ痛くなってきたところで、痺《しび》れを切らして声をかけると、殿下は思い切ったような表情で私をみつめた。

え!? 怒ってる!? やっぱり私、なんかした!?

怖くてドキドキしてしまう。

「その……すまなかったな、以前の茶会のとき……」

「へ」

ヤバい変な声でた。

「後になって冷静に考えてみたら、お前たちがアンジェ嬢を叱責《しっせき》したことは、当然であるとわかったのだ。彼女は招待客ではなかったようだし、丹精した花を無断で摘まれては、怒るのも無理はない」

殿下の怖い表情は、緊張の表れだったようだ。心なしか頬《ほお》も紅《あか》いし、照れているのかな？

これがツンデレというやつだろうか。

うん、美形だと絵になるな。天使みたい。可愛いな。

でも王太子殿下が臣下に謝っちゃダメだよね。

「そんな、いいのです。私は気にしておりませんから、謝らないでくださいまし。王太子殿下ともあろうお方が、私などに謝ってはいけませんわ」

これは紛《まぎ》れもない本心だ。本当にまったく気にしていない。

というか忘れていたくらいだ。

「そ、そうか……ありがとう」

殿下はホッとしたのか、俯《うつむ》きがちだった顔を上げて、くしゃりと微笑んだ。


わあーーーーーーーーーーーー!?

え、なに、この笑顔。ヤバい、超可愛い……

顔に熱が集まってくるのを感じる。いま私の顔は、おそらく真っ赤っかだろう……

恥ずかしすぎて、殿下から目を無理やり引き剥がすと、俯きながら少々強引に話をかえた。

あまりにも可愛いものは目に毒だ。心臓にもだいぶ悪そう。

「そ、そういえば、アンジェ嬢はあの後どうなったのですか⁉　殿下がお連れになったと聞いたのですが……それにしてもあんなに見事なピンクの髪は珍しいですわよね！　あのような色は、絵画でしか見たことがございませんわ。そうそう、あの絵は確か、先代の……」

……あれ？　……そう、あんなに見事なピンクの髪は、先代の……

「国王陛下の、ご側室、の……」

私は気付いてしまった事実に、顔が強張《こわば》るのを感じながら俯けていた顔を上げ、殿下をみつめた。

恐らく、この勘は当たっているという確信が、ある。


先ほどまで笑っていた王太子殿下の顔が、みるみる強張っていく。

「やはり、気付いていたか……気付いていてなにも言わないでくれていたのだな。そなたの気遣い、感謝する」

殿下は唇を引き結んで私をみつめると軽く頷いた。

「殿下……」

まるで私が最初から全てお見通しだったかのような反応だが、もちろんそんなことはない。まったくの買いかぶりだ。

だが、全然気づきませんでした、むしろ今気づいたところです！　とか言えるような雰囲気ではないのはさすがにわかるので、私は神妙な顔で頷き返すしかなかった。

殿下は扉付近で控えていた侍従に軽く手を振って人払いを命じる。すると侍従はまるで心得ていたかのように下がっていった。

「……よろしいのですか？」

いや、もちろん私に殿下を害するつもりなどある訳がないが、私を信用するのが早すぎやしないだろうか。こっちがソワソワしてしまう。

「ああ、構わない。ここから先はうかつに話せる内容ではないのだ」

殿下は疲れたようにため息を漏らすと、ソファに腰を深くうずめて座りなおした。

「そなたの思う通り、アンジェ嬢は先王陛下の側室、ローゼ妃の娘……つまり先王の王女である可能性が高い。……現在の国王陛下と先代が親子関係ではないことは知っているか？」

「ええ……存じ上げております。先王陛下は王位につかれてから一年と経たず崩御《ほうぎょ》され、世嗣ぎがいなかったため、当時公爵であらせられた現王フィリップ様が即位されたのですよね。……ですが確か、ローゼ妃もヘンリー陛下の後を追うように亡くなられたと記憶しております」

そして当然、ローゼ妃にも子供はいなかったはずだ。

アンジェ嬢のピンクの髪とローゼ妃をすぐに結びつけられなかったのは、それが大きな原因である。

「そうだ。そなたの言うとおり、先王ヘンリー陛下には子供がいなかったため、王位には王家傍流であった我が父フィリップが即位したと……されている」

「……されている？」

「ああ。これは私の推測だが……恐らく、先王陛下の死因は…………毒殺だ」

当時、先王ヘンリー陛下と王妃の間には嫡子《ちゃくし》はいなかった。また、ヘンリー陛下は即位と共に側室としてローゼ妃を娶《めと》った。ローゼ妃への寵愛《ちょうあい》は深く、彼女もまた深く王を愛していたという。王の死を深く悲しんだローゼ妃は気落ちし、失意のあまり自ら命をたった……というのが私の知っている話だ。

「何故、毒殺だと思われるのですか⁉　証拠は……⁉」

この世界には司法解剖などはないため、死体から毒を採取することはできないだろう。しかし、このような大事、確証がなければ王太子殿下ともあろう方が口にするとは思えない。

「まだ、確実な証拠が得られている訳ではないのだ。だが当時、配膳を行っていた侍女が王の死後、しばらくしてから侍女の職を辞して郷里に帰った。結婚のため、ということだったが……」

「行方《ゆくえ》が知れない、のですね」

「ああ……」

恐らくすぐに消されたのだろう。しかし、もし毒殺だとして、犯人は誰なのだろう。

先王陛下が亡くなって、最も得をする人間……それは……

私の背中を一筋の汗が伝った。

まさか……

「少なくともこの事件には、我が父フィリップ陛下が関係しているだろう。だがもう一人、このことで利を得た人物がいる」

私は殿下のエメラルドグリーンの瞳をみつめ、頷いた。

「フィリップ陛下の即位と共に宰相にあがった、ドランジュ公爵……」

ドランジュ公爵……かの公爵家は、王妃の生家であるにもかかわらずヘンリー陛下には重用されず、政治的な役職は与えられていなかった。

そして現王フィリップ陛下の宰相であり、国政に莫大な影響力をもつ…………レミーエ様の、父上だ。

「そして、アンジェ嬢だが……いや、その前にまずローゼ妃の話をさせてくれ。恐らくローゼ妃はヘンリー陛下の暗殺とともに亡き者にされるはずだった。しかし……ローゼ妃は陛下が亡くなられる前にその身に子を宿していた。我が身が狙われていると知った彼女は身を隠し、逃亡先でアンジェを産んだ」

「あの目立つ髪で、よく見つからずに……」

ローゼ妃とアンジェ嬢はピンクの髪をしていた。しかしとても目立つそれらは逆に、髪の色さえ変えてしまえば逃げるのは難しくなかったのかもしれない。

「うむ。アンジェ嬢は髪を染めていたそうだ。髪の色を戻したのはあの茶会が初めてであると本人が言っていた。そしてあの茶会に彼女がはいれた理由だが…手引きしたものがいるようだ」

「やはりですか……」

やっとあの茶会乱入事件の謎が解けた。手引きしたもの……考えられるのは警備を把握している人間だろうか。

「ローゼ妃の乳母《うば》の娘が、伯爵家に侍女として勤めていたようだ。彼女は王家の血を引きながら市《し》井《せい》に身を落とし、不遇に耐えるアンジェ嬢を不憫に思い、彼女に協力したそうだ」

「そうなのですか……このことは、父は知っているのでしょうか」

「勿論だ。伯爵とはあの茶会後から秘密裏に話し合っていた。今は伯爵の旧知の男爵家でアンジェ嬢の身柄を預かってもらっている。彼女の存在が公に知られれば、いらぬ混乱を招くことになるからな。全てはつまびらかにされていかなければならないとは思っているが、それは今ではない」

王太子殿下は顔を上げると、真摯《しんし》なまなざしで私をみつめた。

殿下が明らかにしようとしていることは、父王の犯した罪を暴《あば》くということでもある。

事と次第によっては殿下自身の身も危うくなる可能性もあるのに、彼はその覚悟を固めているように思う。

それは少年らしい潔癖さからきているものかもしれないが、その真っ直ぐな気持ちを私は好ましく思った。

緊張からなのか、自身のやろうとしていることの重さに耐えようとしているからか……膝の上で握りしめているこぶしは白く小さく震えていた。

そこに彼の不安と弱さが見えて、この聡明すぎる王太子がまだ十歳やそこらの子供なんだということを、私は急に思い出した。

こんな、まだ、子供なのに……

そして私は、この真っ直ぐな少年の心を守ってあげなければならないと、強く思ったのだった。

王太子殿下とのお話を終えてテラスに戻ると、すでにお茶会は終わりかけの雰囲気《ふんいき》になっていた。

存外長く話してしまったようだ。

殿下もこんなに長く話すつもりはなかったらしく、続きはまた後日改めて、と言うと急いで部屋を後にした。

それにしても、難しい話を聞きすぎて大変疲れた。

家に帰ったらお父様に聞きたいことが沢山あるが、とりあえず今日はもういいや。

疲れ切った体を引きずって、私はそうそうに帰宅することにした。


門から家にはいっていくと、車寄せには沢山の馬車が並んでいた。

なにこれ……今日はなにかあるのかしら。

馬車を降りて玄関にはいると、シシィが待ち構えていた。なんだか顔がこわばっているが、本当になにがあったんだろう。

「おかえりなさいませ、お嬢様。大変です！」

「ただいまシシィ。なんだかお客様が沢山見えていらっしゃるみたいだけど……今日はなにかあったかしら？」

普段は割と冷静なシシィがこんなに慌《あわ》てているのは珍しい。ドキドキしながら先を促してみる。

「バランスシューズの注文が殺到していまして……しかもなぜか口々に、本日中の注文なら……とか、二足買うともう一足ついてくる、とか口走っているのです。公爵家から男爵家、はては市井の商人まで、使いの方で通用門がいっぱいです！」

「えええええええ！」

「旦那様と奥様も対応してくださっていて、靴職人のエドも呼び出して対応させていますが、あまりの注文の数でもう……」

シシィが涙目だ。

私はヨシヨシとシシィの肩を撫《な》でて落ち着かせる。

「お客様のお名前とご希望を伺って今日は帰って頂きましょう。後日改めてご注文をお伺いにいくとお伝えしてね。私は着替えたらお父様たちのところへ行くわ」

「かしこまりました！」

そういうとシシィは急いで身を翻《ひるがえ》した。

「大変なことになったわ。今後の対応を考えなきゃ」

シシィの背を見送ると、私も急いで自室に向かった。


対応が終わってやっと落ち着くと、すでにだいぶ夜もふけていた。お父様たちも疲れ果てたようで今日は早々に寝室へ下がられた。

いままでまったくといっていいほど売れなかったバランスシューズの注文殺到には驚いたが、私の自信作であるバランスシューズが世に認められたようでとても嬉しい。

しかしだんだん商売の規模が大きくなってきたので、ブランドだけ作ってシシィとエドに任せていたシグノーラが回らなくなってきた。

「シシィ！　商会を設立するわ！　そこでシグノーラの靴販売を行うことにしましょう」

「商会を……それは……助かります……」

シグノーラには店舗や商会がない。注文はお母様づてに受けるか、エドに直接されていたため、シグノーラの明確な問い合わせ先はなかった。恐らく、私がお茶会でシグノーラがエーデルワイス伯爵家のブランドであると明言してしまったため、我が家に注文者が殺到してしまったのだろう。お茶会に招かれていた貴族たちだけでなく、市井の商人までやってきたことは驚きだが。しかしこれではシシィたちの本来の仕事である、屋敷の業務がおぼつかなくなってしまう。問い合わせや注文を専門に受ける人材や場所が必要だ。

案の定、お客様の対応に追われ、走り回っていたシシィは息も絶え絶えだ。

シシィの腕を引っ張って私のソファに座らせると、失礼します、といってひじ掛けにぐでっとした。心なしか白目をむいている。

「だ、大丈夫⁉　お茶淹《い》れましょうか⁉」

「いいえ、お嬢様にお茶を淹れて頂くなど……」

ぐでぐでしながら遠慮しているが、ここまでぐでぐでしていたら、すでにお嬢様もなにもないと思う。

「遠慮しないで。いまはこの部屋に二人きりなんだし、私にもお茶くらい淹れられるのよ？」

「私もいます……」

「おわっ」

気付かなかった。部屋の隅の絨毯の上に、エドが死体のように転がっていた。

「エド……いたの……」

「はい……ご報告にあがろうとして……力尽きました」

「お疲れ様。とりあえず今日はお茶を飲んだら帰ったほうがいいわ。商会設立に関してはまたエドにも頑張ってもらわないといけないけれど、その話は明日にしましょう」

私は手早くお茶を淹れると、戸棚に隠してあったお茶菓子を取り出した。

「そんなところにお菓子を隠して……あら？　このお茶、美味しいですね」

しまった。夜食に隠しておいたのがばれた。

「本当だ、美味しい！　お茶を淹れるのがお上手なんですね。……しかし、このお茶は不思議な色ですね」

お茶を口に含み、しげしげと眺めながらエドがつぶやいた。

せっかくエドがお茶を褒めてくれたので、便乗してごまかすことにしよう。

「うふふ、庭のハーブで作ったの。リラックス効果のあるハーブティーよ」

ボブじいと庭いじりをしているときに見つけたのだ。こちらの世界では紅茶が主流で、ハーブティーの類《たぐい》はあまり飲まれていないようだったので自作した。

元主婦なんだからお茶を淹れるのなんてお茶の子さいさいだ。

お茶だけに。

「お嬢様！　このハーブティー⁉　というものも売れますよ！　とても美味しいです」

「あらそう⁉　ならこれも商会の商品にしようかしら」

「でしたら……」

なんだかんだで話に熱中してしまい、三人で商会の構想を練っているうちに随分遅い時間になってしまった。私たちは何杯めかのハーブティーを飲み終えると、適当なところで話を切り上げて明日また相談することにした。

お父様、お母様とも相談した結果、商会の事務所兼店舗を、屋敷とは別の場所に作ることになった。

今後また昨日のようなことになると伯爵家の警備上の問題もあるし、それよりもまず、家なのに心が安らがないのが大問題だ。まぁ、そもそも伯爵家に店舗があったら気軽に買い物にこられないしね。

アルトリア王国の王都アルトニルは、街全体が円形の外壁に囲まれている。

もちろん壁の外側にも街が広がっているのだが、壁外の街は下町として扱われている。

アルトニルには南方にある街の門から、北に存在する王城に向かって大通りが走っており、十字にクロスするように東西にも大きな通りが走る。

通りが交差する部分から北東にいくと、将来私が通うことになるアルトリア学園があり、北西にいけば貴族の邸宅街が広がっている。

大通りの交差点には広場があり、広場から南方の門にむけてだんだんに貴族以外の庶民の家屋が立ち並ぶ地域になっていくのだ。門から広場までの大通りを中心に、道沿いには様々な店が立ち並び、王城に近づくにつれて高級な店が軒を連ねている。

店舗は、王都のなかでも王城に近い、貴族向けの高級な店が並ぶ一角にある。一階に店舗、二階に事務所をおける造りになっており、このあたりでもかなり大きめの建物だ。

このような一等地の物件をすぐに確保できるなんて、やはり伯爵家ともなるとなかなかすごいんだなぁと改めて思った。

エドなんて、実際の店舗をみて、その大きさ、豪華さに目をひんむいて驚いていた。

店舗のショーウィンドウにはひととおり見本品を並べたが、その場で買うことができるのは、スリッパなどのサイズが細かく決まっていない商品だけである。これから前面に押し出していく予定のハイヒールは、基本的に貴族向けのオーダーメイド商品であるため、その場で購入することはできず注文を受ける形になる。そのため、個室の商談スペースにもこだわった。

個室スペースは、女性が好みそうなフェミニンかつラグジュアリーな空間にしたい。イメージ的には○○夫人とかが、ふっさふさの猫を優雅になでているような感じだ。そしてここでの商談時にハーブティーをお出しして、ハーブティーの認知度も上げていくのである。我ながら完璧な作戦だ。

「個室スペースの絨毯は……そうね、こちらのフカフカで沈み込むようなものにしてちょうだい」

私の言葉を受けて、内装を担当している商人が絨毯を床に広げる。私とシシィは絨毯の上にのり、その感触を確かめた。

「うん！　とても柔らかくて、高級感があるわね！」

「お嬢様、よろしいのですか？　こんなに毛足が長いとヒールがとられて歩きにくいように思われますが……」

普段からハイヒールの試作品を履いてもらっているシシィは、歩きづらそうにその場で足踏みする。

心配ご無用。実はこれには、遠大な計画が隠されているのだ！

「フッフッフッ……この部屋では、スリッパに履き替えていただくのよ！　そう！　室内履き専用のスリッパを！」

スリッパの販売促進と、室内履き推進プロジェクトだ！

靴をオーダーしてもらうとき、足のサイズをはかったりなどしなければいけないので、脱ぎ履きしやすいのも利点だろう。

まさに一石二鳥にも三鳥にもなる作戦だ！　いやあ、自分の才能が怖い！

「おーほほほ！　私ったら天才かもしれないわっ」

私は限界まで上体を反らし、レミーエ様直伝《じきでん》の高笑いを披露した。

くっ！　腹筋がプルプルする！

商会の代表はエドにお願いした。子供である私が務めるよりも、そのほうが舐《な》められずにすんでずっとスムーズにコトが運ぶしね。

その結果、エドは自分の靴工房を弟子に任せ、シグノーラの経営に専念してくれることとなった。

以降、エドの工房はシグノーラの専属になり、ハイヒールなどの商品の製作を一手に引き受けることになる。他の注文もあったろうに申し訳ないといったのだが、最近はシグノーラの注文ばかりだったので問題ないそうだ。

経理や接客に携わる人材はお父様が見つけてきてくれる予定。さまざまなことを決めていくうち、私は自分たちが生み出した『シグノーラ』がどんどん形になっていく、なんともいえない嬉しさをかみ締めるのだった。

「さて、シグノーラ開店記念の新商品の開発会議を行いたいと思います。えー、改めまして、アドバイザーを務めさせて頂く、コゼット・エーデルワイスでございます。皆様のおかげでここまでやってくることができました。えー、思えば長い道のりでしたが、あっという間だったような気もいたします……」

「お嬢様、今度はなに設定ですか、ていうかアドバイザーってなんですか」

「シシィ、発言があるときは挙手するように！　相談役みたいなものよ。こういうのは雰囲気が肝心なのよ」

「アドバイザー、新商品の構想などはあるのでしょうか」

チッチッチ！　と人差し指を動かしながらシシィに言い聞かせていると、エドがおずおずと挙手して発言した。

「フッフッフッ……次の新商品は、春夏物のサンダルを作りたいと思います！」

「「サンダル？？？」」

私の言葉に、二人はそろって首を傾げた。

この世界には当然ながらサンダルは存在しない。

だが私としては……パンプスもいいが、夏はサンダルを履きたい。ただでさえ暑いのに、足が蒸れているととっても気持ち悪いのよね。前世で靴を履くときは、足蒸れ対策として足首までのストッキングを愛用していたけど、素足にサンダルが一番気持ちいい。

あふれる熱意をもって、こうこうこういうのがサンダルで～と説明していると、シシィが眉根を寄せて難色をしめした。

「お嬢様、サンダルというのは、足のつま先を出す履物なのですか⁉」

「そうね、これらのデザインでもつま先は出ているものが多いわね。つま先が出ているほうが蒸れなくて涼しいしね」

「いけません！　淑女がつま先を出すなど……はしたない！」

「えっ」

みるとエドも困ったような顔をしている。

そういえば、こちらの世界でつま先を出す履物は見たことがない。というかほとんどがブーツで、庶民は木靴を履いており、貴族において足を出しているものは見たことがない。スリッパは必然的にかかとが出ているが、それくらいだ。

「つま先は出しちゃいけないものなの⁉」

「ええ！」

「はしたないの⁉」

「ええ！」

うーん……暑いのに……残念。

「それじゃあ、こういうのはどうかしら……」

私はササっとイメージ画を描いた。

足先だけを隠して、足首にはストラップを巻いて後ろを大きめのリボンで結ぶデザイン。

ギリギリまで足の甲を出して涼しさキープだ。つま先の範囲を探るつま先チキンレースである。

シシィの顔をうかがうと、しばらく考えるようにしてから頷いてくれた。

「それくらいなら大丈夫かと」

「良かった！　夜会用はリボンをシルクかサテンにして、お茶会用はチュールレースやオーガンジーのリボンにすると夏らしくなりそうね！」

「靴本体の強度が弱くなるので、なめし皮を使いましょう、ヒールは……」

その日は三人で新商品の構想を細部まで練り、有意義な時間を過ごせた。

会議の結果、シグノーラの春夏物の新商品は、アンクルリボンのハイヒールと、さらりとした手触りの麻布で作った室内履きスリッパになった。


「そして…………きました！　ダイエット商品、第三弾！　今回ご案内する商品はこちらです！

トレーーーニングチューーーブーーーー！

ダイエットスリッパ、バランスシューズと履きこなしてきた皆さんは、あら、そろそろ上半身のほうも気になるわ、とお悩みのことでしょう！

そこで取り入れたいのがこの商品！

こちらはゴムでできておりまして、エクササイズに取り入れることで、より効率的に体を鍛えて頂けます！　たとえばほら、見てください。

このように両手にチューブを持って左右に引っ張るだけで……なんと二の腕から腕全体をトレーニングできてしまうんですね！

それではアシスタントのシシィさんに実際に使ってみてもらいましょう！」

「え⁉　は、はい。う、うぐぐ、これはなかなか力がいりますね。腕全体が鍛えられている感じがします」

「そうなんです！　普段鍛えにくい部分も簡単に！　鍛えることができるんですね〜。今回は三種類の強さのチューブをご用意致しました！……」

……ということで、シグノーラのダイエット部門の新商品はトレーニングチューブに決定した。チューブの使用方法とエクササイズ教本をセットにして販売する予定である。

商品も決まったし、開店が楽しみで仕方ない！　その日はわくわくして、遠足前の子供のようになかなか眠りにつくことができなかった。


さて。商会設立で忙しかったために、お父様に例の話を聞くのがすっかり後回しになってしまっていた。

商会のほうは、あとは製品が仕上がってくるのを待っている段階なので、今度はこちらの問題を考えることにした。

コンコン！

「お父様、はいってもよろしいでしょうか」

「コゼットかい、お入り」

許可が出たのでお父様の書斎に入室する。

お父様のお部屋は、伯爵家の当主にふさわしく、シックで重厚なつくりになっている。扉を開けて正面の奥に、お父様が書類仕事などを行う執務用の机がしつらえられ、その手前には簡単な応接用のテーブルとソファが置かれている。部屋にある調度品やファブリックは、ダークブラウンと深い藍色の落ち着いた色合いで統一されており、いかにも仕事がはかどりそうだ。

お父様は執務机に向かってはいたが、ちょうど書類仕事の合間のティータイムだったようだ。お邪魔してもいいかと聞くと、ソファに腰掛けた私の前に、控えていたメイドによってすぐに湯気の立つ紅茶が用意された。

私はソファに腰を落ち着け紅茶をひとくち堪能《たんのう》すると、早速本題にはいろうとした……が、メイドの目が気になって話し出すのをためらった。

あまり口外しても良くない気がするし……お父様にちらりと目線を向けると、了解したかのように頷き、さっと手を振って人払いをしてくれた。

「お父様、実はこの間の王宮でのお茶会で、王太子殿下とお話ししたのですが……」

私はことのあらましをお父様に説明した。

前世の記憶があるとはいえまだ子供の私には荷が勝ちすぎる。そのためにご相談したかったのだが、お父様はすでに全てご存知だった。

どうやら殿下が全てお話しされていたようだ。

「その件については、我が家での茶会で起きたことがきっかけだから、私も調査を行っていたのだよ。殿下からも相談を受けていてね。しかし殿下がコゼットに謝らなければならないと気にしていたから、あの場を設けて頂いたんだ」

殿下がお前にここまで話されるとは思わなかったけどね、とお父様は苦笑いした。

お父様としては、私をこの件に巻き込みたくなかったそうだ。

同い年のコゼットと話して気が緩んだのかもしれないね、とお父様は優しく笑った。

「それで、いまアンジェ嬢はお父様のお知り合いの男爵家にいらっしゃるとか……」

アンジェの話になると、お父様は眉根を寄せて憂鬱そうにため息をついた。

「うん……ボウイ男爵家に預かってもらっているのだけどね……コゼットもボウイ男爵家には行ったことがあったかな」

「ええと、うんと小さいときに、お父様と伺ったことがあったような気がしますわ」

「男爵は僕の学園時代の友人なんだよ。それでお願いしたんだが……あのアンジェ嬢にはほとほと手を焼いているみたいだね……」

「手を焼く？　なにかあったのですか？」

お父様が、はあぁ～、と特大のため息をつく。

「最近、男爵は狩りで足を痛めて療養しているんだが、それで家人が慌《あわ》ただしくしているときに、ちょくちょく抜け出すんだよ……しかも本人は王家の血筋が流れていることを知っているからか、自分は主人公なのよ！　とか訳のわからないことを言っていて、周りの止める声も振り切って出かけていくみたいで。丁重に扱わないといけないだけに監禁するわけにもいかないし……」

アンジェ嬢の自業自得《じごうじとく》とはいえ、どうやら男爵家では完全に腫《は》れ物扱いされているようだ。

「それで、王宮に顔を出していると噂になっていましたのね……」

私の言葉に、お父様はさっと顔色を変えた。

「王宮にだって⁉　それはマズイ……彼女を害したいものだっているだろうに、本人は自分が危険な立場にいるということがわかっていないのだろうか。何故か毎回王太子殿下に連れられて男爵家に帰ってくるらしいが、王宮に行っていたのか！」

しかしどうやって王宮に侵入しているんだろう。ていうか侵入スキル高すぎだろ。

そこで私はふとゲームのことを思い出した。

あー、確か、ゲーム内のミニゲームで、王宮内探索みたいなのあったよねー……休日に王宮内を探索できて、正解のルートを選ぶと攻略対象者と会えるとかいう。

攻略対象の部屋に直接行けるんだよね。

いま考えると超怖い。突然自分の部屋に人が侵入してきて、こんにちは！　とかいわれて。

「よく来たな、休日も君に会えるなんてなんて素敵なんだ！　（笑顔キラリ）」

って返せるとか、鋼メンタル過ぎる。

恐らくアンジェはその抜け道を使って殿下の部屋に侵入しているのだろう。これはお父様に言ったほうがいいのかな。でもこの話をすると、なんでそんなこと知ってるの⁉　ってなるからなぁ……下手すると、何かあったときに、私に変な疑いをかけられかねない。

でもそんな簡単に王宮にはいれちゃうのも危ないし……うーん。一応それとなく言っておいたほうがいいかもしれないなあ。

「でも、どうやって王宮にはいり込んでいるのでしょうね⁉　なにかあったらよくないので、調べてみたほうがいいかもしれませんね！　抜け道とか抜け道とか、それから抜け道とか！」

抜け道がゲシュタルト崩壊しそうである。しかし、我ながらかなりのさりげなさだ。これなら将来は役者で食べていけるかもしれない。

「ヌケミチとかヌケミチとか……ああ、抜け道か！　そうだね、コゼットの言うとおりだ。急いで調査することにしよう。でも、この件は色々と危ないこともあるだろうし……彼女のことは僕に任せて、コゼットはこれ以上、関わらないように」

私を心配してくれているのだろう。なんて優しいお父様。

どうみても面倒くさそうなので、自分から関わるつもりはまったくない。面倒ごとは全力で回避だ！

それに私、こうみえても商会とかダイエットとか忙しいしね！

アンジェとは学園に入学したら必然的に会うことになるだろうけど、いま私にできることは……自分磨き以外にはあんまりないかも。

アンジェの侵入癖は問題だし、彼女の身の安全は心配といえば心配だが、お父様もいるし、学園にはいったら狙われづらくなるだろう。

アンジェのことはなにかと不安だが、もうお父様にお任せしよう。

そう心に決め、私は胸の中の漠然とした不安と一緒に、一息に残りのお茶を飲み干した。


それからしばらくは、紹介された人員と面接をしたり、細かい内装のチェックをしたり、新商品の改善点を修正したり……私もエドもシシィも、目の回る忙しさだった。

忙しすぎて記憶がとんでいたりすることもしばしばだったが……バランスシューズとダイエットスリッパを併用していたのでダイエットに抜かりはない。もちろんトレーニングチューブも取り入れている。始めたころは少しのトレーニングで音《ね》を上げていた私だったが、地道な努力の末、極細だったゴムチューブも普通レベルの太さにレベルアップしたのだ。

ティーカップよりも重たいものは、かたまり肉くらいしか持ったことがないか弱い令嬢の私は、とても頑張った。

私もそろそろ随分痩せてきたように思う。なんといっても、自分のおへそが見えるようになったのだ。自分のおへそと対面したときには、こんにちは！　そしておひさしぶり！　と声をかけてしまった。

もしかしたら初めましてかもしれないのは、私とおへそだけの秘密だ。

限りなく球体に近かったときのことを思えば、これは大きな進歩である。

ちなみに足はまだ見えない。でも、まっすぐ立ってて自分のつま先が見えるのって、結構スリムな部類よね。前世でも見えなかったし。

オバちゃん的には、このくらいのほうが安産型でいいのよ！　とお世辞がいえるかいえないかの、ギリギリレベルか。


そして天気のいい春のある日。そんな慌ただしい準備がなんとか終わり、ついにシグノーラの記念すべき開店の日を迎えた。


ところで今日の開店日は、主だった貴族の方々にはお知らせとご挨拶状を送っている。

貴族の方々は家に商人を呼んで買い物をする方も多いが、店舗でショッピングを楽しむ方も多くいる。

今日の開店日にどれだけ人が来てくれるか楽しみだ。

裏口から店の売り場内にはいると、私は超高速で整えられた内装をぐるりと見渡した。

真っ白に塗られた壁は、小さな露薔薇模様をアクセントに散らした可愛らしいデザインにし、ところどころに置かれている椅子はロココ調の猫足。イメージカラーを白と金で統一した店内は、高級感のある上品な仕上がりで、何度見ても嬉しくなってしまい、私はむふふっと笑いをかみ殺した。

まだお客様のいない店内には、シシィやエド、そして新しく雇ったスタッフたちが、緊張した面《おも》持《も》ちで整列している。

私はシグノーラ商会のメンバーの前に立つと、もったいぶってコホンとひとつ咳《せき》をした。

記念すべきシグノーラ開店の挨拶だ。ここはカッコよく決めなければ！

「えー、本日はお日柄もよく、皆様におかれましてはますますご清祥のことと思います。本日この良き日を迎えられたのも……」

「お嬢様、開店のお時間です」

「えっでも、これからがいいところなのに……」

「それではみなさん、よろしくお願いします！　開店してください！」

「「「はい！　シシィ様！」」」

シシィの号令で、スタッフたちが足早に持ち場に散っていく。

呼び止めるように出した私の手は、むなしく宙を切ってポツーーンと裏口の前に取り残された。

そう。この準備期間でシシィはますますたくましくなり、同時に私の扱いもだいぶ適当になっている。

だが私もくさっても伯爵令嬢！　シシィに抗議してやる！

「あの、シシィさんや、私、一応、お嬢様……」

「当たり前じゃないですか。お嬢様、お嬢様は奥で座っていらしてくださいね」

「はい……」

やはりシシィさんには勝てませんでした。

忙しそうに売り場の中に消えていくシシィの背中には、歴戦の勇者のような風格すら漂っており、同時に「邪魔をするんじゃねえ」という無言の圧力が。

何故だ。私、一応オーナーなのに。……オーナーだよね？

準備期間中に手が空いたので、商品を運ぼうとして止められてすっ転んで箱の中身がわからなくなったり、お茶を配ろうとして止められて、滑って転んでお茶をかぶったり、鏡に突っ込みそうになって庇《かば》ったエドが顔面を打って鼻血を出したりしたからだろうか。

そしてその度にシシィの忙しさが増したからだろうか。

言わせてもらうが、あれはたまたまバランスシューズを履いていたから転びやすかったのだ。日常ではあんまり履いたらダメなことがわかったので、それからはランニングのとき以外は履かなかったのに。

それにシシィだって、「もうお嬢様はお嬢様らしくなにもなさらなくていいんですのよ、お嬢様なんですから！　ね！　お嬢様！」と許してくれたのに。

「チェッ！　シシィのいけず……ヒイッ」

すんごい目でにらまれた。こわい、こわいよシシィさん。

「……そんな顔してたらお嫁の貰い手がなくなるんだからねー」

「……お嬢様⁉」

ヒイイ！　鬼だ！　鬼がいる！

私は急いで奥に引っ込んだ。


シグノーラ開店初日は大盛況だった。

商品は在庫のものまで飛ぶように売れてゆき、オーダーメイドの注文も随分先まで予約がいっぱいになるほどだ。

ついつい嬉しくてにまにましてしまう。

ダイエットのためにと始めたスリッパ製作が、なんだかトントン拍子にここまで来てしまったが、自分の作った製品がこうしてみんなに受け入れられることがこんなに嬉しいことだとは思わなかった。

前世で平凡な主婦だった私には得られなかった喜びである。

同時に、前世の自分の娘くらいの年頃の女の子たちがもっともっと可愛く綺麗になっていってくれたらいいなぁと、つい母親の気持ちで温かく見守ってしまう。

「お嬢様、なに気持ち悪い顔してるんですか。ニヤニヤして」

「なっ失礼なっ！　若い女の子たちが可愛くて温かく見守ってるんじゃないの！」

「皆さま、お嬢様より歳上です。よだれたれてますよ。はい、ハンカチ」

シシィが口許を拭いてくれた。

「あら、ごめんあそばせ。そうね、忘れてたけど私十歳だったわ」

「どうみても十歳です」

シシィと軽口を交わしていると、店の入り口のほうがザワザワしてきた。

なにか問題でもあったのかと思い、ちょこちょこと近付いていく。

「お嬢様、なにかあったら危ないので待ってください！」

「だいじょーぶよお~ちょっと覗くだけよ」

入り口付近の人だかりの隙間《すきま》から、ちょろっと顔を出して覗いてみる。

「キャー、可愛い子たちね。貴族のかたかしら⁉」

「ホント、どちらの子も素敵……将来が楽しみね」

んん⁉　芸能人でもきてるのか⁉　ってこの世界に芸能人なんていないか。

人だかりの真ん中には二人の少年がいた。

一人はエメラルドグリーンの瞳の、明るい茶色の髪の少年。

もう一人は暗めの茶髪にブルーの瞳の少年だ。

二人とも大変綺麗な顔立ちをしていて、暗めの茶髪の少年は少々きつめの目つきだが、それがまた生意気そうな可愛さを醸《かも》し出している。そのやんちゃそうな少年は、女の子たちに囲まれているのが嫌なのか、きょろきょろと落ちつかなげに周りを見回していた。そして一方、明るい茶髪の少年は、奇跡のように繊細な美貌で天使のような美しさだ。確かに将来がとても楽しみ……って。


王太子殿下じゃね？


うん、銀髪じゃないけど、どうみても王太子殿下だ。

あの茶髪はヅラだろうか。

ていうか顔立ちが綺麗すぎてめちゃめちゃ目立ってるけど、お忍びのつもりなのか。

こんなうら若き女の子がたくさんいるような店では、男というだけで目立つのに。なにしてるんだろ……とぼんやり見ていると、殿下と目があった。

「あ、コゼット」

殿下は私の顔をみると、にぱっと花が咲くように笑った。

くっ！　可愛い……！　頭ぐりぐりしたい！

「……ごきげん麗しゅう、お……で……ん……じゃない、レオ様」

危ない。というかなんて呼べばいいんだろう。

すると殿下は何故か、妙に嬉しそうにこちらに歩み寄っていらした。

隣の少年も一緒だ。心なしか睨《にら》まれているような気がする。生まれ持った目つきが悪いのだろう。

可哀想だがしょうがあるまい。気にしない。

「コゼット、君が店を開くと伯爵から聞いて、是非見に来たいと思ってな」

「はぁ……光栄です。そちらは……」

「ゲオルグ・レイニードだ」

やっぱり睨まれている気がするが気にしない。目つき悪いなぁ。愛想笑いくらいできないと、将来苦労するわよ。オバちゃん心配だわ。

「私はコゼット・エーデルワイスと申します。とりあえず、場所を移しませんこと?」

周りの人だかりが興味津々《しんしん》の顔をしていて大変居心地が悪いのだ。


「こちらにどうぞ」

私は二人を店の奥の個室スペースに案内した。

個室スペースは構想通り、ラグジュアリーな空間にしてあり調度にも最高級の品をそろえているが、まさか王太子殿下をお招きすることになるとは思ってもみなかった。

サイズの計測などもできるように、割と広めのスペースをとっている部屋には、ソファとテーブルが置いてあり、窓際には生花が飾られている。部屋にはいって奥側のソファに二人を案内し、シシィにお茶の用意を頼むと自分も腰掛けた。

「改めまして、ご機嫌麗しゅう存じます、殿下。今日はわざわざお二人で店を見にいらしてくださったのですか？」

私の問いかけに、何故か殿下はやたらとニコニコと笑いながら頷いた。

美形の笑顔は美しいなあ。

眩《まぶ》しくてよく見えないくらいだ。あ、後ろの窓のカーテンあいてる。

「ああ。といっても隠れて護衛はついているがな。私としたことが、コゼットがシグノーラのデザイナーだとは知らなくてな。母上から伺って初めて知ったのだ。それが今日開店だというではないか。これは是非お祝いを言いに来なければならないと思ってな」

私がシグノーラのデザインをしていることは秘密にしていたのだが……

お母様は王妃様と懇意にしているから、そこから漏れたのだろうか。

しかし、何故わざわざお祝いを言いにくる必要があるのかさっぱりわからないが。

「それはありがとうございます。ところで、そちらのゲオルグ様は先ほどレイニードと仰《おっしゃ》いましたが、レイニード騎士団長の……？」

「息子だ」

ゲオルグがムッツリと答える。

睨まれている。面倒くさいので気にしない。

「そうでございますか」

「ところでコゼット。このお茶は変わっているな、なんだか不思議な香りがする」

殿下が不思議そうな顔をしてティーカップを覗き込んでいる。

今日のお茶はローズヒップティーだ。ビタミンを含んでおり少し酸味があるが、美容に効果がある。

「貴様！　まさか毒を！」

ゲオルグが叫びながらガタッと立ち上がった。

「ハーブを使ったお茶で、ローズヒップティーといいますの。美肌効果がありますわ」

「殿下！　俺が毒見を！」

「これは変わった味だが、悪くないな。うむ、酸味がくせになる」

「ええ。珍しい味だと、意外に好評なんですのよ。よろしければ王妃様にお持ちになられますか？」

「王妃様にまでだと！　貴様！」

「それはいいな。母上も喜ばれるだろう」

「では包ませておきますわ。シシィ……」

「俺を無視するなぁぁぁぁあ！」

ゲオルグがテーブルを両手でバーンと叩いた。私も殿下もティーカップを持ち上げていたので、ハーブティーは無事だ。

あらー、ちょっと涙目。

「まぁまぁ。お掛けになって、ゲオルグ様。お茶でも飲んで落ち着いて」

「そうだぞゲオルグ。せっかくのお茶が冷めてしまうぞ」

「殿下……だって……」

「あ。このローズヒップティーは、アイスティーとしても美味しく飲めるんですのよ。フルーツと割ったりすると爽やかな飲み口になって、夏場にオススメです」

「ほほう、それは飲んでみたいな」

「だから無視するなぁあ！」

ゲオルグは涙目を通り越して半泣きだった。あらら、ちょっと鼻水出てるわよ。

「はい、ちーん」

「ちーん。って、やめろぉっ！」

振り払われた。反抗期かしら。

「ちょっと顔が赤いわね～、お熱かしら」

おでこをさわって熱を確かめてみるが、熱はないようだ。

「だからっ触るなぁっ」

熱はないようだが、目は潤《うる》んでいるし鼻水も出ているので、風邪の引き始めかもしれない。

なんだか息も荒いし……

「殿下、ゲオルグ君……じゃなかった、ゲオルグ様は具合が悪そうですので、今日はお早めに帰られた方がいいかもしれませんわ。きっとお風邪を召されているのですわ」

「そうか。ゲオルグ、体調が優れないのに無理をさせたな。コゼットにも会えたし、今日は帰ることとしよう。コゼット、騒がせてすまなかった」

「いや別に、体調は……」

「いえいえ、本日はこのような所にわざわざいらしてくださりありがとうございます。お気をつけておかえりくださいまし」

「だから聞けやぁ！」

泣き出した。熱が上がってきたのかもしれない。

王妃様へのお土産のローズヒップティーを持って、殿下は帰っていった。

はて、結局なんの用だったんだろうか。

私はあらー？　と首を傾げた。

閑話：シグノーラ開店！　シシィ視点

「「「いらっしゃいませ！」」」

開店時間になり玄関扉を開くと、かなりの人数のお客様で玄関前はいっぱいになっていた。

店の周りには馬車もたくさん停まっている。開店を待ち望んでくれていたのだろうお客様たちの表情は一様に晴れやかで、期待に瞳をきらきらと輝かせている。こんな嬉しそうな顔をみただけで、これまでのとんでもない忙しさが報われたような気がするのが不思議だ。

待っているお客様を迎え入れていると、新しく雇った中で一番若い赤毛の店員が、慌てて馬車を別の場所に誘導していった。

明日からは、馬車をとめるスペースを多めに確保しておかないといけないわね。

お客様は比較的若い年齢層の令嬢方が多く、お友達同士で誘い合って来ているようだった。

ほとんどが子爵や男爵令嬢などの身分的には低めの家柄の令嬢で、そうでない方も貴族でなく商人の娘らしい方々が多いように思う。

「これがハイヒール！　綺麗なかたちねぇ」

「こちらの靴もリボンがとっても可愛いわ！」

「バランスシューズ……歩くだけで美脚になれるですって!?　なんてこと……！」

「トレーニングチューブ……!?　教本が……ふむ……」

並べてある見本品を手にとって、とても楽しそうに笑いあう令嬢方をみて、私も嬉しくなって頬が緩んだ。

お嬢様の考えたデザインやアイデアが認められるのは、とても嬉しい。

忙しくてついつい口調がきつくなって、今も奥に追いやってしまったけれど……お嬢様が本当に一生懸命頑張っていたことを、私はもちろん知っている。

まったく、お嬢様のくせに私たちに気を遣って、下働きみたいなことまでしようとするんだから！

まったく…………可愛いんだから！

お茶の淹れ方だったり、時々妙に上手にこなすこともあるけれど、まだ十歳で小さいくせに沢山のティーカップを運ぼうとしたりして、結局大失敗して。

でもそんな失敗も、お嬢様の優しい気持ちがみえるものばかりだったから、みんな嬉しくなってつい甘くなってしまったが……

今日は開店初日。

失敗は許されないのだ。

だから心を鬼にして奥に追いやったのだ。


なのに……

「そうなんです！　こちら最高級の絹地を使用しておりまして、職人が丁寧に手作業でひとつひと

「ここでご紹介しているのは、レーシングモデルのシューズ。なんでもトップレーサーの足形を取って一つ一つ作っておりまます！　見てください、この光沢！　実際にいま私も履いているんですけどね、履き心地が最高なんですね～これならいくらでも踊れます！　こちらの商品がなんと……」

はあああ……

私は特大のため息をついた。

あの日　王太子視点

私はアルトリア王国国王が第一子、レオンハルト・アルトリア。この王国の王太子だ。

私は退屈な毎日に倦《う》んでいた。

幸いにして私は能力が高く、幼少より施されている帝王学は私にとってそう難しいことではなかった。家庭教師のスパルタン伯爵は厳しい人だったが、私は一度読めば大抵の書物は理解できたし、彼の生徒の中でもかなり出来の良い方だっただろう。武術やダンスも教師が驚くほどの速さで習得した。しかし体を動かすことは楽しくはあったものの、宮廷からほとんど出る機会のなかった私は退屈で退屈で仕方なかった。

かといって宮廷を抜け出すほど市井に興味があるわけでもなく、なんとなく毎日をこなしていただけだった。

私にも将来の側近になるであろう友人はいたが、騎士団団長の子息のゲオルグは武術にしか興味がなく、宰相の子息のレミアスは陰気臭くてなんとなく好きになれなかった。

レミアスの妹のレミーエは、私の将来の妃候補らしく会う機会は何度かあった。綺麗な金髪で可愛いと思ったが、いつも高笑いをしていて意味がわからなかった。

私が王宮の外に出るのは主要な貴族たちが開く茶会がほとんどで、その日もいつものように退屈な茶会だった。私に気に入られようと、すり寄ってくる貴族令嬢たちを適当にあしらいながら、茶会の終わりの時間が来るのを待っていたのだ。

今日の茶会会場の庭園は、王宮や他の貴族の庭園と違ってなんだかすごく地味な感じがする。砂の上に線が引かれ、石がランダムに並べてあるあの一画はなんなのだろう。

あそこに植えてあるのはモミジとかいう東方の樹木だろうか。赤や黄色に色づいた葉が砂の上に落ちて、白い砂との色合いのギャップが存外美しい。

先ほどから遠くでカコーンと音が鳴っているが、木こりでもいるのか？


「……早くここから立ち去りなさい！」


令嬢たちの話を聞き流して庭に見入っていると、庭の隅から声が聞こえてきた。

あの声は……レミーエか。今日は高笑いをしていないのか。意外だ。

意味がわからないながら、高笑いをしているレミーエは面白いので、ここにいるよりはマシだと思ってそちらの方に向かっていった。

後からゲオルグとレミアスが付いてくるが、ゲオルグは手にお菓子を握ったままだ。

そのお菓子は串にもちもちした白い丸いものが刺さっており、砂糖で甘く味がついている。今まで見たことがない形状のお菓子だったが、ゲオルグは大変気に入って、ずっと両手に握り締めて食べている。

メイドに菓子の名前を聞くと、

「団子でございます」

との答えが返ってきた。団子とはなんなのか、と聞くと、

「お米を丸めたもので、当家のお嬢様が夢でみられたことから作られたものでございます」

という。夢にみるほどこの菓子が食べたかったのか。

変わった令嬢だ。少しその令嬢に興味がわいた。

レミーエの声がするほうに歩いて行くと、誰かを大勢で囲んで糾弾しているようだった。

レミーエは気が強いからな。やれやれ……

「コゼット、ここはあなたの花畑でしょう⁉」

すると、一人の令嬢がレミーエの後ろから押し出された。肌が白くて丸いその令嬢は、まるで球体のようだった。

……令嬢⁉　雪だるまか⁉

しかし彼女があの菓子を……うん、食欲が旺盛《おうせい》なんだな。

彼女の初対面の印象は、食べるの好きそう、になった。

なんとなく、お菓子作りの得意な可愛い令嬢を想像していただけに……

自分が思い描いていた令嬢とのギャップにしばし呆然としていると、悲鳴がきこえた。

「花を摘みにきただけなのに、なにをなさるんですか！」

その声にハッとして、声をあげた。

「なにをしている！」

レミーエはキツイところがあるから、相手の令嬢をいじめているのかもしれない。

後ろでレミアスがやれやれとため息をついている。

「なにをしていると聞いているのだ！」

いま思い出しても恥ずかしいが、私はこのとき、座り込んでいる令嬢が招待されていなかったなど思いもしていなかった。コゼットがその話をしていたとき、私はアンジェの顔ばかりみていたのだから。

人垣のなかには、ピンクの髪をした可憐な令嬢が座り込んでいた。

可憐で華奢なその令嬢は、宝石のように澄んだ空色の瞳をうるませながら、私を上目遣いにみあげていて、不思議と銀色にきらきらと輝いてみえた。

令嬢は病気の母が……とかなんとか言っていたが、私は令嬢の髪に釘付けになっていて、そのためなにをいっているのかまったく頭にはいってきていなかった。

ピンク色の髪、そしてその髪に囲まれた、小さな顔……

それは、父である国王の私室に、隠すように飾ってあった肖像画に生き写しだった。

あれはいくつのころだったか。正確には覚えていない。

今よりも幼い私は、普段ははいることを許されていなかった父の私室に忍び込んだのだ。

それは単なる好奇心と、イタズラ心だった。

父が執務中で私室にいないときは、衛兵は一人だけになる。その交代のときを狙って……

幾重にも覆われた紗《しゃ》のカーテンの向こうに、それはあった。

丁寧に描かれた美しい女性の肖像画。

ピンク色の髪に飾られた顔は可憐で、つぶらな空色の瞳は肖像画ですら生き生きと輝いているようにみえた。

明らかに大切にされているその肖像画を見た私は、父の秘密を……見てはならないものを見てしまった罪悪感で手が震えたのを覚えている。

私は呆然と部屋を出て、私が部屋にいるとは思ってもいなかった衛兵に秘密にしてくれとお願いすると自室にもどった。

衛兵は、自分の不注意を知られたくなかったためか二つ返事で頷いてくれたが、私にはもうそんなことはどうでもよくなっていた。

一度しか見なかったあの肖像画の女性の顔は、目に焼きついたように忘れられなかった。

この、顔は……

彼女が肖像画の女性と、なにかしらの関係があることは明らかだった。

私は呆然としながら、よく回らない頭を無理やり働かせて、エーデルワイス伯爵に彼女をしかるべき場所で保護してくれるように頼もうと考えた。


茶会の主催者である令嬢が倒れ、その騒ぎの中に取り残されていたアンジェを伴って、私はエーデルワイス伯爵家の応接室に向かった。道すがら話を聞くと、彼女はアンジェと名乗った。

予想通り、あの肖像画の女性……ローゼ妃の娘だという。しかしローゼ妃は苦労のためかすでに亡くなっており、彼女があの日の茶会で母と呼んでいた人物は、彼女の養母となった乳母らしい。

あの幼い日の出来事のあと、私は肖像画の女性について調べた。珍しいピンクの髪のせいで彼女を知るものは多く、その素性はすぐにわかった。

しかし、彼女が現在どうしているのかという話になると、それまで饒舌《じょうぜつ》に「ローゼ妃」について語っていた者たちは、皆一様に口を噤《つぐ》んだ。

自身で調べた王宮の公式の記録には、国王の死後、ローゼ妃は失意のあまり命を絶った……とだけ記されていた。

美しいローゼ妃にほのかな憧れを抱いていた私は少しがっかりしたが、それよりも父王はなぜ彼女の肖像画を飾っていたのかがますます気にかかった。

まさか、父はローゼ妃に、道ならぬ想いを抱いていたのだろうか？

父に対するもやもやした想いは、私の心の奥にあれからずっとくすぶっている。しかし、今はこの少女の問題をどうにかしなければならない。

アンジェは自分が王家の血筋だとわかっているからなのか、伯爵家の私有地に無断で立ち入ったことなど気にも留めていない様子だった。

家令に案内されている間もキョロキョロと屋敷の内部を眺め、目を見張って驚いたり触ってみたり落ち着かない。他人の屋敷をじろじろとみるなんて、あまり褒められた行為ではないのだが……市井で庶民として暮らしていたならば、みるものすべてが珍しく感じるだろうから、仕方ないのだろう。

アンジェが周りに見惚《みと》れているうちに迷子になりそうだったので、仕方なしに腕を掴んで先導すると、彼女ははじめこそ驚いた顔をしたものの、満更《まんざら》でもなさそうな表情を浮かべてにんまりと笑った。

しかし私は何故か、愛らしいはずのその笑みに背筋がゾワリとしたのをよく覚えている。

屋敷の奥へと続く廊下を進み、重厚な造りの扉を開くと、伯爵はすでに応接室で待っていた。

伯爵は私に部屋の奥のソファを勧めると、深々と腰を折った。

「王太子殿下、わが屋敷での茶会に何者かが立ち入ったとか……大切な御身を危険にさらしましたこと、全て私の不徳の致すところでございます」

「そのことはよい、父には私から取りなしておく。頭をあげてくれ」

私は伯爵の言葉を遮ると、頭をあげるように言う。緊張に体を強張らせていた伯爵は、ほっとしたようにわずかに体を弛緩《しかん》させているが……謝られることよりも、この少女のことについて話したかった。

「王太子殿下……まことに、まことにありがたきお言葉……このエドワード・エーデルワイス、二度とこのような失態を犯さぬことを誓います……えっ⁉」

冷や汗すらかいていた伯爵が頭をあげる。それと同時に、その瞳は驚愕に見開かれた。

「やはり、見覚えがあるか」

「ええ……まさかそこのお方は、ローゼ妃の……⁉」

「ああ。今回の茶会に立ち入ったのも、彼女の出自が関係しているのだろう。彼女の今後について力になってもらいたいのだが、構わぬか？」

伯爵は、信用の置ける人物だ。

権力欲はなく、妻子を守ることだけを念頭に置いていると評判の、裏表のない男である。その評判に偽《いつわ》りがないことは、日頃、王宮に出仕しているときの彼の姿を直接目にする私もわかっていた。

先ほどからの謝罪の態度をみて、ますます彼に対する信頼は高まっており、アンジェのことを相談するには丁度《ちょうど》いいと思えた。

「勿論《もちろん》でございます。そちらの……」

「アンジェよ」

アンジェが伯爵の視線を受けてぞんざいに返す。

伯爵はその態度にもなにも言うことなく、丁寧に礼をすると柔和《にゅうわ》な笑みを浮かべた。

「アンジェ様でございますか。私はエドワード・エーデルワイスと申します。以後、お見知りおきをいただければ幸いです。……ところで、失礼ながらアンジェ様におかれましては、随分とお疲れのご様子。湯浴みの準備をさせましょう」

「疲れてなんか……」

アンジェは伯爵を睨みつけて反論しようとしたが、伯爵の視線で、自身の衣服が土で汚れていることに気づいたようだ。するとアンジェは、恥ずかしそうに顔を赤らめつつ、ツンと顎《あご》を反らせて頷いた。

「まあ、いいわ……湯浴みをしてあげる」

「かしこまりました。セバスチャン！」

伯爵が執事に命じると、すぐに現れた侍女に伴われ、アンジェは別室へと移動していった。

アンジェが完全にいなくなると、伯爵は真剣な表情で改めて私に向き合った。

その厳しい表情に、知らずゴクリと私の喉《のど》が鳴った。

「殿下。改めて確認させてください。彼女は、ローゼ妃の血縁……ご息女であらせられるのでしょうか」

「ああ。本人はローゼ妃の娘だと言っていた。本当に事実かはまだ確認していないが……」

「私が調べさせましょう。しかし、まず間違いはないでしょうね」

「そうだな……」

「ところで、殿下は何故、ローゼ妃のことを？　ローゼ妃が……宮廷を去ったときには、殿下はまだお産まれになっていないかと存じます」

伯爵の言葉に、私は父王の部屋で見たことは伏せ、肖像画の話をした。肖像画で見た美しい女性が気になって調べた、と告白することは恥ずかしかったが、伯爵の顔にはからかうような色は見られなかったのが幸いだった。

「それで伯爵、聞きたいことがある。答えてくれるか？」

突然の申し出に、伯爵は虚をつかれたような顔になったが、やがて真摯な表情で頷いた。

「私で答えられることでしたら、なんなりと」

「ローゼ妃は先王の死後、どうやって亡くなられたのだ？　本当に自ら命を絶ったのか⁉」

伯爵は、予想していたのだろう。やはり、という顔をして言葉を続けた。

「公式の記録では……その通りです。しかし実際には、違います。ローゼ妃は先王の死後、宮殿から出奔《しゅっぽん》されました。そしてその行方はようとして知れない……というのが当時宮廷にいたものなら誰もが知る事実です」

「ならば何故、公式には死んだことになっている？　……王位継承権か？」

「恐らくはそうでございましょう。ローゼ妃の出奔当時、その身にはすでに新しい命が宿っていたことは、少しでも情報に聡《さと》いものならば知っておりました。ですので宮廷で亡くなったことにして、おなかの子……アンジェ様の存在を公的に抹殺《まっさつ》したのでしょう。間違いなく刺客も放たれていたでしょうが……」

「やはりそうか……しかし、アンジェは運よく生きていた。しかも一目でローゼ妃の血縁とわかってしまう髪をもって」

「彼女の存在が公になれば、大変なことになるかもしれませんね。どうなさいます、殿下」

「どう、とは……」

突然の問いかけに、私は視線をあげて伯爵の目を見て……戦慄《せんりつ》した。

伯爵の眼差しは、私が一言命令すれば彼女を消す、と暗に言っていた。一人の人間の命が、私の決断にかかっている。そう感じると、急に心臓が早鐘をうちだし、背中を汗が伝った。

アンジェの命は今、私の手のひらの上にある。現王家を、そして私自身を守るならば秘密裏に消してしまうのが一番いい。

今なら伯爵が全て代わりにやってくれる。私はひとつ頷くだけでいいのだ。

しかし……私には、その決断はできなかった。

私は、後ろめたい気持ちを胸に、伯爵の視線を避けるように下を向くと、知らず震えていた手を握り締めた。

「どうにか……生かす、手立てはないのか」

伯爵は微笑《わら》ったような気がした。

「そうですね……私としても、娘と同年代の少女を手にかけるのは忍びない。いち臣下として、殿下の優しさを嬉しく思います」

「だったら……！」

「しかし。それはご自身の身の安全、ひいては王国全体にも火種を落とすことにもなりかねません。それでも彼女を生かしますか」

王国への火種……アンジェが先王の血をひいている可能性に気づいてから、考えてもみなかったといえば嘘《うそ》になる。少なからず国が荒れることになるだろう。それが事実ならば、本来アンジェは私よりも王位継承権が上になるのだから。

アルトリア王国の王子として、私には国の安寧《あんねい》をはかる義務がある。しかし、そのために先王の正統な血筋をなくし、ひとりの罪なき少女を手にかけることが私にできるのか？

「しかし……それでも、私は。私は、殺せない。殺したくない」

ただ唯々諾々《いいだくだく》と過ごしてきた私には、他人をあやめてまで王位に就《つ》く覚悟があるとは到底いえなかった。自らが情けなく、歯がゆさに唇をかみ締めた私の耳に、しかし伯爵の優しい声が響いた。

「それでよろしいと思いますよ、殿下」

「……え？　でも……」

思わず顔を上げた私に、伯爵は我が子を見守る父親のように優しく微笑んだ。

「将来王位にお就きになれば、国王としてときに非情な決断を迫られることもありましょう。しかし、今は戦乱の世ではないのです。大のために小を殺す。その決断を下すのは、まだ先でもかまわないと思います。第一、彼女が先王の王女であると、まだ決まった訳ではないのです。見極めてください。誰が王位に、ふさわしいのか」

「伯爵……」

「王とは、血筋が正しければいいのではありません。王にふさわしいものが王位に就く。これは、私の意見ですがね」

伯爵は、茶目っ気たっぷりにウィンクすると、言葉を続けた。

「殿下。殿下は幼少のころより王になるべくして研鑽《けんさん》を積んでこられた。その自信を持ってください。王位とは、たんに継ぎたいからと継げるものではないのです」

自信を。私は伯爵の言葉に、胸が熱くなった。今まで漫然としてきた王になるための努力が、初めて色を持ったような気がした。知らず、涙が目から溢《あふ》れそうになり、上を向いて堪《こら》える。

「……国のため、これまで以上に、努める」

「かしこまりました、王太子殿下。そうですね……アンジェ様に関しましては、私にお任せください」

「伯爵に？　……任されてくれるのか？」

「ええ。アンジェ様の王としての資質を見極めるにしても、まずは身の安全を確保しなければ話になりません。つきましては……対外的に王位継承権を捨てて頂きましょう」

「……そんなことができるのか⁉」

「私の旧知の男爵のところに彼女を預けます。そして、そこで生まれ変わってもらいましょう。そのうえ平民として籍をもたせて学園に入れます」

「そうか！　学園にはいるには確固たる籍が必要……平民としていれてしまえば、もはや国に対して自分は平民であり、継承権を放棄するといったことと同じに……！」

「男爵家とはいえ、貴族の庇護下にある王立学園の生徒を、秘密裏に暗殺するのは難しい。それにアンジェ様の目立つ髪の色のせいで、国は逆に手を出しにくくなるでしょうね。彼女になにかあれば、ローゼ妃の娘だと認めたも同然になるのですから」

「だがそれだと、アンジェが王位を継ぐことになった場合は……」

　私の疑問に、伯爵は肩をすくめるようにして笑った。

「万が一、そうなったときには、真実を公表すればいいだけの話です。隠すのは難しいですが、ばらすのは簡単ですからね！」

「っはは！　そうか、そうだな。ありがとう、伯爵…………アンジェのこと、頼む」

「承《うけたまわ》りましてございます」

　私とエーデルワイス伯爵は固い握手を交わし、私たちは秘密を共有する仲間となったのだった。

閑話：うちのお嬢様　庭師視点

ハァイ！　僕はエーデルワイス伯爵家に勤める庭師のボブ！

ピッチピチの五十八歳。

お嬢様からはボブじいと呼ばれているけど、まだまだ現役だよ！

なにが現役かって⁉　仕事に決まってるじゃないか！

ハハッ！

うちのお嬢様はまったく変わった方で、お嬢様なのに庭いじりが趣味なだけでなく、その発想も変わっているんだ。

まあ、庭いじりが趣味といっても、お嬢様はコロコロしてるから指示やアイデアをもらって、実際は僕が作業することが多いんだけどね！

コロコロ転がっちゃうから仕方ないよね！

さっきも花の種を植えようとして転がっていたよ！

ハハッ可愛いね！

今日はまた新たなアイデアがあるそうで、僕は朝からワクワクしていたんだ！

「お嬢様！　今日はどんな庭を作るんだい⁉」

「今日はね、砂の庭を作るのよ！　砂と石の庭よ！」

やる気に満ちたお嬢様は、僕が以前プレゼントした作業着を着ている。ピンクのツナギだ。

子豚ちゃんみたいで可愛いだろう⁉

「ほほーう、砂と石の庭かい！　それは面白いデースネー」

「ボブじい、また語尾がおかしいわよ。無理に敬語を使わなくていいって言っているじゃない」

「オーゥ、しつれーいしましーたねー」

そう、僕はこの国の出身じゃないから、言葉があまり上手くないみたいなんだ。

それで庭師の仕事がなかなか見つからなかったところを拾ってくださったのが、エーデルワイス伯爵とお嬢様さ！

幼いお嬢様が、このおじさん面白いから雇ってあげて！　と言ってくださったから僕はここにいられるんだ。

ハハッまったくお嬢様には頭があがらないよ！

「それで、砂と石の庭っていうのはどんな庭なんだい⁉　また夢にみたのかな⁉」

「そうなの。夢では確か、カレサーンスイって言ってたわ！　そこに、この前、東の国から届いたモミジを植えるのよ」

お嬢様がスケッチブックに描いたデザイン画をみせてくれる。

うーん、相変わらず抽象的で難しいデザインだね！　ほとんどよくわからないよ！

でもこういうのは雰囲気が大切だからね！　大丈夫さ！　ハハッ！

「この砂は白かーい⁉　石はその辺にある石でいいのかなーあ⁉」

「グレーか白の砂がいいわね〜。石はとりあえずその辺にあるやつで代用して、徐々に集めていこうと思うの」

「わかったよ〜」

そのあと、お嬢様とカレサーンスイの庭作りを始めた。

「そうよーそこから線を沢山ひゅーーっと引いてね。あっ踏んだらダメよっ」

カレサーンスイは難しいね！

お嬢様も線を引くのを頑張ってるけど、お嬢様が転ぶとせっかく平らにならした砂がぐしゃぐしゃになるからやめてほしいね！

結局、カレサーンスイが出来上がったのは、作り始めてから一週間も経ったころだったんだ。

砂の上に線を描くのが難しかったね！

途中、お嬢様が棒を束ねたみたいな道具を発明してくれなかったら、挫折してたところだよ！

ハハッ！

「素晴らしいわね！　これがワビサビね！」

「ワサビってなーんですかーぁ」

「ワサビは、なんかからいやつよ。ワビサビは……なんかいい感じってことよ！」

「ふーーーん。そうデースカァー」

素晴らしいですかネー⁉　僕には寂《さび》れた感じにしかみえなーいけどね！　ハハッ！

まあ、お嬢様が喜ぶならなんでもいいよねっハハッ！

夢のコゼネット　シグノーラ！

「ふふふんふーんふんふふふーん♪」

私は今日もシグノーラに来ている。オープン以来、シグノーラの売り上げは連日好調だ。

ハイヒールなどを求める若い娘さんたちだけでなく、妻子へのプレゼントを求める男性やダイエットに燃える奥様方などで今日も店内は賑《にぎ》わっており、店の外にもはいりきれないお客様たちが列を成している。

私もデザインやら経営やらダイエットやらでなかなかに忙しく、しかし充実した日々を過ごしていたのだが……わくわくしながら店舗に赴《おもむ》いたのには訳がある。

今日は、新商品の発売日なのだ！

シグノーラが満を持して紹介する、新商品……！

その名も……

「アオダーケフミ～！　そして縄跳び！」

侮《あなど》るなかれ。まずこのアオダーケフミ、つまり青竹踏みだが、ここアルトリア王国には青竹がないのだ。というか竹がない。当然タケノコもない……とても残念だ。そのため、この青竹踏みは木を加工して作っている。

つまり竹でもなんでもないのだが、このアイテムに青竹踏み以外の名前をつけることは、元日本人として譲れないラインだった。

ちなみに名前は横文字風にアレンジしてある。それというのも、シシィに初めて青竹踏みといったときに、

「アオダーケフミ?」

と聞き返されたことが由来だ。

縄跳びはまんま縄跳びである。

つまり縄である。

しかし！　数多《あまた》のボクサーが縄跳びで減量を行っているように、縄跳びはダイエットにおいて大きな効果を発揮するはず！　（たぶん）

しかも省スペースで持ち運びにも優れているためどこでもエクササイズが可能……！

まさに完璧といっても過言ではない。

まあ、貴族や商家のご令嬢方に省スペースは必要ないかもしれないが……

とにかく、この世界において、とてつもなく画期的な新商品だと自負している。

この商品の発売を機に、シグノーラの一画にダイエット商品コーナーを改めて設置した。

なんだか高級靴店とかけ離れてきた気がするので、売れ筋に乗ってきたら他に店舗を構えた方がいいかもしれない。

私が自信満々でダイエット商品コーナーに向かうと、そこには縄跳びを熱い眼差しでみつめる一人の少年がいた。

「……ゲオルグ様?」

「縄跳び……手で紐《ひも》を持って跳ぶ……⁉　腕と足を中心とした全身運動……」

「ゲオルグ様」

「全身のバネを鍛える……！　しかし具体的な使い方が……わからない！」

「おみせしましょうか」

「お願いします！　……って、コゼット嬢ではないか」

私は縄跳びを手に取ると、ゲオルグを外に誘った。店の外の、入店待ちをしている人たちから少し離れた場所に移動すると、私は縄跳びを両手に持ち直して構えた。

「ちょっと離れてみていてくださいね」


ひょんひょんひょんひょんひょんひょんひょんひょんひょんひょんひょんひょんひょんひょん

「これが基本の跳び方です。応用で……」

ひょひょひょん　ひょひょひょひょん　ずでーー

「二重跳び……いたたた」

うーん、二重跳びは難しい。

前世でも二回くらいしかできなかったが、生まれ変わってもできない。呪いだろうか。

しかし、ゲオルグ様の反応を考えると……縄跳びはあまりに画期的すぎて、説明書だけでは跳び方がわかりづらいかもしれない。
定期的にデモンストレーションを行うなどした方がいいかな。
「ふむ、二重跳びか。なるほど、ちょっと貸してみろ」
ゲオルグ様は私から縄跳びを受け取ると、両手に構えて跳び始めた。
ふふーん、二重跳びは甘くなくってよ！
二重跳びの洗礼を受けるがいい！

ひょんひょんひょんひょんひょんひょん
ひょひょひょん　ひょひょひょん　ひょひょひょん
ひょひょひょん　ひょひょひょひょひょん　ひょひょひょひょひょん

なん……だと！
あれは、三重跳び……!?
こやつ……できる！
私は愕然《がくぜん》と目を見開いた。
まさか三重跳びまで楽々こなすとは思いもよらなかった。
「他には技はないのか？」
技……!?
そのとき、なにかが私の中で燃え始めた。

「オーホホホ！　あなたにこれができるかしら⁉　必殺……！　あや跳び！」

ひょんしゅっ　ひょんしゅっ　ひょんしゅっ

「ふっ……あや跳びか……だが、俺に不可能という文字はない！」

ひょひょんしゅっ　ひょひょんしゅっ　ひょひょんしゅっ

二重あや跳び……またの名をはやぶさだと……⁉

くっ……！

私はがくりと膝をついた。

「私の負けだわ……まさか、はやぶさまでできるなんて……あなたはまさに縄跳びの申し子……縄跳びのために生まれてきたようなひとね」

私の完敗だ……何を隠そう、私は鈍臭《どんくさ》いのだ。はやぶさなどできる訳がない。

「ふっ……また勝ってしまった。敗北の味が知りたいものだな！　ハーッハッハッハッ！」

ゲオルグ様が手を腰に当て、上体を反らして高笑いを放つ。

「くぅ……仕方がないわね。ゲオルグ様！　あなたに縄跳びピーアール大使の座を譲るわ……」

「ふっ……謹《つつし》んで拝命しよう。……ところでピーアールとはなんだ」

己《おのれ》の力を振り絞って戦った私たちの周りには人垣《ひとがき》ができていて、その健闘を讃《たた》えて温かい拍手がわいた。
私はキッと顔を上げ、真っ直ぐに天を見上げると深く息を吸い込んだ。

「さあさあお立会いの皆様！　今日はようこそおいでくださいました！　こちらが本日の目玉商品、縄跳びでございます！　こちらの縄跳びは誰でも手軽に全身運動を行うことができます！　使い方がわからないって⁉　大丈夫です！　誰でも簡単に行えます！　さあ、アシスタントのゲオルグさん！　まずは基本の跳び方から！」
「え⁉　お、おう」

ひょんひょんひょんひょん

「この運動を続けていくこともできますし、負荷を上げていくこともできます！　アシスタントのゲオルグさん、次は二重跳びです」
「え⁉　お、おう」

ひょひょひょひょん　ひょひょひょひょん

ゲオルグ様のお陰で、縄跳びは飛ぶように売れた。

「さて。第一回シグノーラ販促会議を行いたいと思います。まずはアオダーケフミの販促強化について。皆様の意見を頂きたいと思います。発言時は挙手をお願いします」

私は真剣な眼差しで全員の顔を見回した。

「はい、お嬢様！」

「シシィさん、どうぞ」

「えーと、アオダーケフミの使用目的がさっぱりわかりません」

「俺もわからん」

「私も……」

シシィに続いてゲオルグやエド、スタッフが続々と手をあげる。

むむ……

「説明書に書いてあるのだけじゃ、使い方がわからないのかなー？」

アオダーケフミには使用説明書をつけてある。

しかしそもそも青竹踏みは踏むだけのものなので、特に難しいことはないと思うのだが。

ゲオルグが説明書を覗き込んで、うむーとうなる。

「いや、使用方法というよりは……踏んだところで、なにがどうなるのかがわからん」

なん……だと！

そこで私はハッとした。

我々日本人には、足ツボやツボ押しという概念が染《し》み付《つ》いているが、この世界にはオイルなどを用いたマッサージはあるが、指圧や足ツボマッサージはない。

うむむ……盲点だった。

「わかりました。ゲオルグ様、靴をお脱ぎください」

「えっ！」

「靴下も」

「ええっ！」

ゲオルグ様は何故か恥ずかしそうにもじもじしながら裸足《はだし》になった。

「さあ、アオダーケフミを踏んでください。全体重をかけて！」

「……！」

ゲオルグ様は恐る恐る足を出し、アオダーケフミに乗った。そして覚悟を決めて足に力を入れて踏み込んだ！

その様子を一同は固唾《かたず》を飲んで見守っている。

ぎゅむっ
「さあ、もっと何度も踏むのです！　その場で行進をするように！」

ぎゅむっ　ぎゅむっ　ぎゅむっ
「こ、これは……！」

「ゲオルグ様！　いかがしました！」

シシィが身を乗り出すように問いかける。

「気持ちいい！　なんだ、この足の裏を伸ばされるような不思議な感覚は……！　こ、これは確実に……」

「「確実に⁉」」

全員が息を呑んでゲオルグ様をみつめる。


「健康にいい！」


「まぁ……」

「あら……ふふ」

店内にいるお客様や道行く人々が足を止め、シグノーラのショーウィンドウから見える光景をみつめる。

微笑ましいものをみるような老婦人や、恥ずかしげに頬を染める令嬢たちまでいた。

ぎゅむっ　ぎゅむっ　ぎゅむっ
「こ、こちらは、何をなさっておいでですの⁉」

やがて、意を決したようにひとりの令嬢が問いかけた。

「これはですね、この国より遥《はる》か彼方《かなた》、東の国から伝わる健康増進法、アオダーケフミを行っているところでございます。足の裏には全身につながるツボ、というものがございます。そこをこのアオダーケフミによって刺激することで、活性化するというエクササイズでございます」

「まあ……！　そ、それは、気持ちいいのかしら⁉」

令嬢は何かを期待するかのような表情で、コクリと唾を飲み込んだ。周りに集まったお客様たちも、真剣な表情でみつめている。

「それは実際に使用している方にお聞きしましょう。どうですか、ゲオルグさん」

「ああ、これは……気持ちいい……最高だ！」

ゲオルグ様が長時間の青竹踏みによって少しだけ汗ばんだ、なんとなく艶《なま》めかしい最高の笑顔で笑った。

美少年の、まさにキラーン！　と輝くような笑顔だ。

「……買うわ！」

「わ、私も！」

「私が先よ！」

令嬢たちによるアオダーケフミ争奪戦が開幕した。


「ゲオルグ……なにをしているんです⁉」

後ろから声が聞こえ顔を向けると、日の光を反射する明るい金髪に、ヘーゼルの瞳の少年がこちらを呆然とみていた。

「レミアスじゃないか！　丁度いい、お前もこのアオダーケフミをやってみろ！　気持ちいいんだぞ！　お前みたいな部屋にこもりっきりの陰気な不健康ジジイにはピッタリだ！」

オーゥ、し・ん・ら・つ！

ゲオルグ様は、その発言のキツさに似合わない爽やかな笑顔をむけて、呆然と目を見開く少年に言い放った。

そのなんの陰《かげ》りもない輝くような笑顔を見て、私は悟《さと》った。

これは……悪気がない！

しかし、悪気がないからといってこんな暴言を許してはいけない。

ゲオルグ様の単純で明るい性格を考えると、本人は言葉のチョイスを間違えているだけだろうとは思うが、悪気のない言葉でも相手を傷つけるのは良くないことだ。

こういうことが将来のイジメに繋《つな》がり、果ては非行に行き着くのだ。

私は腰に手を当ててゲオルグ様に向き直った。

「こらっ！　お友達にそんなひどいことをいってはいけません！　確かにちょっと顔色も悪いし目の下にクマもあるしガリガリなのも気になるし髪の毛もパサついてるけど！」

「お、おい、俺はなにもそこまで……」

「口答えしないの！　ごめんなさいは⁉」

「えっ」

「ごめんなさいは⁉」

ゲオルグ様はムッとした表情で私をみていたが……私が腰に手を当てたまま、厳しい目つきでみつめていると、やがて観念したように口を開いた。

「ごめんなさい……」

「よろしい」

私は金髪の少年に向き直ると、頭を下げた。

「ごめんなさいねぇ、ウチの子がひどいこと言って……本当、悪気はないのよ。どうかこれからも仲良くしてくれると嬉しいわ」

「いや、うちの子ってなんだよ……俺、お前の子じゃないし……同い年だし……母さんかよ」

ゲオルグ様がブツブツ呟《つぶや》いているが気にしない。

少年は呆気にとられたような顔をしていたが、やがてそれはみるみる笑顔に変わっていった。

「あはっはっはっはっ！　だ、大丈夫ですよ、気にしてません。ゲオルグの暴言はいつものことだし……私がガリガリなのも事実ですし」

よかった。なんていい少年だ。

でもゲオルグ様には、お友達との付き合い方を教えないといけないわね。

私がうんうんと頷いていると、少年がにこやかに礼をした。

「申し遅れましたが、私はドランジュ公爵が第一子、レミアス・ドランジュと申します。以後お見知りおきを。貴女は……コゼット・エーデルワイス伯爵令嬢とお見受けしますが……」

私はレミアス様の言葉にハッとした。ゲオルグ様へのしつけに気を取られて礼を失するとは、なんたること！

ついつい前世のオバちゃん根性が出てしまっていた。

鬼のような家庭教師によって叩き込まれ、被らされた猫の被り物を凌駕《りょうが》するとは……オバちゃん根性、すさまじい！

私は慌てて被り慣れた猫を装着した。

「レミアス様。こちらこそご挨拶が遅れまして申し訳ございません。おっしゃる通り、コゼット・エーデルワイスでございます。失礼をいたしました」

長年の猫被りにより、自動で発動するようになった淑女の礼を優雅に決める。

「いいえ、いいのです。面白いものが見られました。あの気の強いゲオルグに謝らせるなんて、貴女にしかできませんよ」

「まあ……」

「チッうるせえなあ。ていうかコゼット、なんか女みてえで気持ち悪いぞ」

「私は女です。淑女です。しゅーくーじょー！」

ゲオルグ様のお尻を、ぎゅむっとつねってやった。

「うひっイテテテ！　やめろよぉっ！　女なのはわかってるよ！　でも俺は、そこらへんの上品ぶってるやつらより、いつものお前が気に入ってるんだよ！」

「あら……ゲオルグ様ったら」

気に入ってくれていたのか。

今までとんと気づかなかったが、ゲオルグ様がほとんど毎日のように我が家に遊びに来るのはそのせいか。おかげで最近は、ゲオルグの出勤？　を待って、一緒にシグノーラに出向いたりしているのだ。

てっきり、健康グッズに目覚めたからだと思っていた。

「それから、その〝様〟ってのもやめろよ。ゲオルグでいいよ。友達だろ」

ゲオルグ様……ゲオルグが、照れ臭そうにそっぽを向いて言った。

なにこの子。可愛い。

私はニコニコ笑うと、ゲオルグに向き直った。

「ええ……ゲオルグ！」

ゲオルグは、嬉しそうにへへっと笑った。近所のガキ大将のような、やんちゃで可愛い笑顔だった。

「私のこともレミアスと呼んでください。ゲオルグの友達は、私の友達です。妹のレミーエからも色々と話を聞いていて、是非お友達になれたらと思っていたのですよ」

「まあ、レミーエ様から！　光栄ですわ！」

そうか、よく考えたらレミアス様……じゃなかった、レミアスはレミーエ様のお兄様なのよね。健康丸出しの成長期まっさかり！　という感じのレミーエ様とあまり似ていないからわからなかった。

それというのも、レミアスはかなり細く、肌もカサカサしている。

あまり栄養が足りていないのでは……と心配になるほどだ。

私は、オバちゃんのお節介根性がムクムクと湧いてくるのを感じた。

「レミアス様……いいえ、レミアス。せっかくですから、店の奥でみんなでお話ししませんこと？新しいお茶もあるんです」

様をつけようとしたら、レミアスがメッという顔をしたので言い直した。

「いいですね！　是非お邪魔させてください」

「やったー！　コゼットのとこのお菓子は美味《うま》いんだよな！」

私は二人を連れて、店の奥の個室スペースにはいっていった。

「どうぞ、今日のおやつはいちご大福です」

二人にソファを勧めると、私は戸棚から今日のとっておきのおやつを出してテーブルにのせた。

ふっふっふ。料理長との壮絶な試行錯誤の末、不死鳥のごとく再現された自慢のお菓子である。

満足のいく味に仕上がったときには、料理長と二人でガッツポーズを決めたものだ。

「「……いちご大福？」」

レミアスはキョトンとした表情、ゲオルグは期待に満ちた表情でいちご大福をみつめる。

「春ですからね。いちごとアンコを使ったお菓子です。どうぞ召し上がれ～」

そしてお茶は緑茶だ。

ふぅー。落ち着くわぁ～。

「このお茶は……紅茶とは違うのですね。すっきり爽やかな飲み口ですね」

「これ美味いよな！　俺も好きだ。父上も気にいったってさ」

よくここに来るゲオルグは緑茶を飲みなれているため、グイグイ飲んでどんどん食べる。対して
レミアスは味わうようにおっとりと上品に大福を口にしている。

友達だと言っていたが、とことん対照的な二人だ。

緑茶を味わっていたレミアスは、キラキラと好奇心にあふれる表情で口を開く。

「私、このお茶がとても気に入りました！　初めて飲みましたが、貴重なものなのでしょうね。特別な茶葉なのでしょうか？」

「いいえ～普通の紅茶と同じお茶の葉から作ってるんですよ。加工の仕方が違うだけです」

「作っている⁉　まさかあなたが自分で⁉」

お茶は茶葉を発酵させて作る。緑茶も紅茶も同じ茶葉からできるが、簡単にいうと紅茶は茶葉を発酵させているが、緑茶は発酵させていないのだ。

緑茶は茶葉を蒸して揉んで乾かして作る。

実は前世では、趣味でいろいろなお茶を自作していたのだ。中でも緑茶は普段からよく飲んでいたし、作りなれている。ブレンドの難しいハーブティーや紅茶を作るより、個人的にはずっと簡単だ。

緑茶の作り方を説明すると、レミアスは感心したように何度も頷いた。

「同じ茶葉からできるとは思いませんでした！　作り方が違うだけで、まったく別のお茶になるのですね！　素晴らしい発想です。シグノーラが次々と画期的な商品を開発しているのも頷ける」

「いやぁ〜それほどでもぉ〜」

いやぁ、主婦の豆知識をそんなに褒めてもらうなんて照れちゃうねっ。

って、シグノーラの商品開発が私だってバレちゃうよ！

私は冷や汗を流しながら首を横に振る。

「い、いやぁ、シグノーラの商品はお母様がですねっ」

「あれ、コゼットが商品開発してるのって、秘密だったのか？　ごめん。俺この前、王太子殿下とレミアスに言っちゃったんだ」

「えー！　秘密だって言ったじゃない！」

「忘れてた」

「もう！　ゲオルグなんて知らないから！　しばらくおやつ抜きの刑だからね！」

「えーっ！　それだけは……！　悪かったって。機嫌直せよ。これやるから。な⁉」

「私があげた大福じゃない！」

「くすくすくす。本当に仲がいいんですね」

ゲオルグに怒っていると、また笑われてしまい、ばつが悪くなった私たちは口を閉じる。

ニコニコしているレミアスは美しくて儚《はかな》げだ。

儚げ……およそ、やんちゃ盛りの少年に相応《ふさわ》しい表現ではない。

この不健康さはどうしたことだろう。

「ところでレミアス……あなた、ご飯はちゃんと食べているの⁉」

「ご飯……ですか」

急に話が変わったためか、レミアスがキョトンとする。

「レミアスは好き嫌いが激しいんだ。肉も魚も食べないし、野菜もほとんど食べないんだよ」

ゲオルグが代わりに教えてくれた。

うーん。それは体に良くない。

「ダメですよ！　食事は健康の基本です。とくにあなたの年頃は、よく食べよく遊びよく眠るのが基本です！　夜は眠れていますか⁉」

「そういえば、最近、あまり眠れていませんね……」

だから目の下に大きなクマさんがいるのか。育ち盛りの少年の目にクマさんがいるなんてとんでもない。

即刻、クマさんを撃退せねば！

「そうですね……それでは、カモミールティーを差し上げますので、ぜひお飲みになってください。寝る前に飲むと心が落ち着いて、よく眠れますからね」

あとは好き嫌いの改善だが……。

そうだ！

「レミアス、ピクニックに行きましょう！　うちの料理人は最高に腕がいいのです！　ピクニックでお腹を減らして、美味しいお弁当を食べて好き嫌いをなくしましょう！」

子供は野菜が嫌いな子が多いが、野菜も美味しいとわからせてあげれば食べられるようになるのだ。

これをきっかけにして、好き嫌いを少しずつ減らしていけばいい。

レミアスはまたしてもキョトンとしていたが、だんだんに嬉しそうな笑顔になっていった。

「ピクニック行きたいです！　楽しそうだ！」

「ええ、ええ、楽しみですわね！」

「お、俺も！　俺も行くからなっ！」

二人でニコニコしていると、何故かゲオルグが顔を真っ赤にして割り込んできた。

今にも手を取り合おうとしていた私たちの間に、無理やり身体を入れてくる。

どうしたのかしら。仲間はずれにされて寂しかったのかな？

「当たり前じゃないですか。みんなで一緒に行きましょうね」

ニッコリしてゲオルグの頭をナデナデしてあげた。

よしよし、いい子いい子。

ゲオルグは私の手をばっと振り払うと、ますます顔を赤くしてそっぽをむいた。

「ふ、ふんっ！」

「ふふふ」

「ははは」

私たちは笑いながら残ったおやつを食べるのを再開した。

窓から差し込む陽の光のやさしい、なんとも和《なご》やかな春の昼さがりだった。


空は快晴。澄み渡る五月晴《さつきば》れだ。

草原を吹く風は爽やかで、緑の丘の上からは小さく伯爵家の屋敷が見える。

「ふーーー！　気持ちいいですわねー！　お日様がぽかぽかで最高ですわ！」

「そうだな、涼やかで気持ちがいい。太陽のようなコゼットにぴったりだな」

王太子殿下は、太陽さえかすみそうな、キラッキラに輝く笑顔を浮かべた。

今日はこの間計画したピクニックに来ている。

そして何故か……王太子殿下もいる。

最初は三人で王都の外まで行くつもりだったのだが、当日になって何故か殿下までゲオルグにくっついてやって来たのだ。

そのため危ないから遠くに行くのはやめておこう、ということになり、警備のしやすさを考えて、貴族街のはずれにある小高い丘に行き先を変更した。このあたりの土地は、貴族たちがよくピクニックに訪れる場所である。そのため割と安全だが、王太子殿下もいらっしゃることだし、万一の心配もあるのであまり遠くには行かないようにと注意された。

さかのぼること数刻前……

「やあ！　コゼット！　今日はピクニック日和《びより》の、いい天気だな！」

爽やかな笑顔でやってきた王太子殿下を見てしばし固まった私は、ゲオルグを柱の陰に引っ張っていって問い詰めた。

「ちょっと、ゲオルグ！　なんで殿下がいるのよ！　聞いてないわよ！」

「だってさ、ピクニックの話をしたら付いてくるって聞かなくて……殿下はあんまり王宮の外に出たりしないから、かわいそうだしさ」

警備のことなどを考えると、正直だいぶ面倒くさい。

だが、口をとんがらかしたゲオルグがけなげで可愛かったので、しぶしぶ許してあげることにした。

面倒だけど。来てしまったものは仕方がない。追い返すわけにもいかないし。

「仕方ないわねぇ……」

「いいのか⁉　よかった！　やっぱりコゼットは優しいな！」

にぱっと笑った。

くうっ可愛い……！

ゲオルグのこの笑顔は狙ってやっているんじゃなかろうか。

可愛すぎてクラクラする。息子がいたら、こんな感じかな……

「と、とりあえず、料理長にお弁当を増量してもらいましょう」

「そうだな！　いっぱい食べたいからな！」

私は気を取り直して、シシィにお弁当増量を依頼したのだった。


そして丘の上。

爽やかな風の中、そうそうに走り回りだしたゲオルグを横目に、殿下とレミアスと私はシシィが昼食の準備をするのを待つことになった。しかしこの最高のお天気である。ただ待つだけではもったいない！

「フッフッフッ、すっごくいい天気……こんな天気なら、これをやるしかないでしょう！　じゃじゃじゃーーーん！　たーこーあーげーーー」

「『たこあげ？』」

私はカバンの中から自作の『たこ』を取り出した。

天気が良かったらこれを飛ばして遊ぼうと、連日夜更かしして作っておいたのだ。

三人分しかないが、代わる代わる飛ばせば問題ない。

ちなみに柄は私とレミアスとゲオルグの似顔絵を描いた。

制作期間、のべ一週間の力作である。

「斬新《ざんしん》な絵だな。抽象画か？」

「上手ですね！　なんて可愛い……猫ですか？　これ」

「失礼しちゃうわ！　どう見ても人間の絵でしょうが！」

「「え……」」

我ながらものすごく上手く描けたのに。きっと二人とも若いのに目が悪いのね。

「は、はは……そうですね！　どう見ても人間です！」

「そ、そういえば確かレミアスも絵を描くんだったな！　最近はあまり絵を見せてもらっていないが、今度一緒に描いてあげたらどうだ？」

「あ……そうですね、もう絵は描いていません。……絵を描くのは、女性や子供のすることですから」

そう言ったレミアスは、何故か自虐《じぎゃく》的な笑みを浮かべていた。

でも、女性や子供のすることって……なんだかレミアスらしくない口ぶりだなあ。そう思った私は、深く考えることもなくきょとんと首を傾げて口を開いた。

「絵を描くのに、年齢も性別も関係ないと思いますわ。第一、私たち子供なのに。むしろ今描かないで、いつ描くのかって話だわ！」

きっぱりと言い切ると、殿下もレミアスも、びっくりしたように呆《ほう》けた顔をしていた。

あれ？　なにかおかしなことでも言ったかな？　普通のことしか言っていないはずだけど……

「子供……私が、子供……」

「殿下ったら、子供に決まっているじゃありませんか。この国の成人は十八歳ですよ」

成人するまではみんな子供である。王太子殿下だからって、成人が早まるなんて聞いたことないし。

「年齢も、性別も関係ない……」

「当たり前じゃないですか。自分がしたいことをしたらいいのです。そうだ！　今度のピクニックでは、みんなで絵を描きましょう！」

子供の情操教育には、絵画教室がいいと前世でも言われていたし。静かに絵を描く訓練をすれば、ゲオルグにも少しは落ち着きというものが身につくかもしれない。

「みんなで、絵を……」

「レミアス、いいじゃないか。そうだ！　私にも絵の描き方を教えてくれ」

なおも戸惑った様子のレミアスの肩を、王太子殿下がポンと叩く。

「教えられるくらい上手なんですの？　素晴らしいわ！　今度のピクニックが楽しみね！」

「ふ、っふふ……そうですね。みんなで絵を描くのも、いいかもしれません」

そんなに上手なら、レミアスに『たこ』の絵を描いてもらえばよかったな……笑顔の戻ったレミアスを眺めながら考えていると、走り回っていたゲオルグが帰ってきた。

「みんな、なにしてるんだ？　走るの、楽しいぞ！　走ろうぜ！」

……楽しそうで何よりだ。

「ゲオルグ、どうせ走るなら、この『たこ』をあげながら走りましょう！」

「『たこ』？」

「ええ！　これをあげながら走るのは、きっともっと楽しいわよ！」

首を傾げるゲオルグににやりと笑うと、私は『たこ』につけた紐を掴んで、力いっぱい駆け出した。

「これをですね～こうしてね～えいやっ！」

ダダダダダッ！　ズルズルズル

はあ、はあ、はあ……

………あがらない。

たこあげって、こんなに難しかったっけ……⁉

力尽きた私が草の上に倒れてはあはあしていると、三人が様子を見にきてくれた。

「コゼット、大丈夫か？」

「なぁ、たこあげってこれだけ？　なんかあんまり楽しそうじゃないな」

「お水を飲みますか？」

くそう……こんなはずでは……

レミアスが渡してくれたお水で喉を潤して、前世での記憶を改めて思い出す。

なんせ、たこあげをしたのは娘が小さかったころ以来だからね……

そうだ！　確か二人でやる方が上手くいくんだ！

「ゲオルグ、『たこ』をもって私について来て！　こんな感じで持って……」

「おう！　任せとけ！」

私は、いくよー！　と声をかけて走り出した。


ダダダダッ！

ダダダダッ！

はあ、はあ、はあ……


「ゲオルグ！　速い、速いよ！　追いこしちゃだめなの！」

「すまん、だってあんまり遅いから……」


その後、ゲオルグと私の役目を交換し、なんとか『たこ』を高くあげることができた。

全員で歓声をあげる。

そのあとは、シシィが声をかけてくれるまで夢中で『たこ』をあげた。

普段の貴族のたしなみや上品さなどを忘れ、全員でただの子供として泥んこになって遊ぶ。思いっきり遊んだ後のお昼ご飯は美味しくて、レミアスも好き嫌いをせずにたくさん食べてくれた。

お昼ご飯を食べてからもたくさん遊んで、あっという間に夕方になった。

「楽しかったですね～！　最高の一日でした」

「ああ。こんなに楽しかったのは久しぶりだ。コゼットといると本当に楽しい！」

「だな～！　お弁当も美味しかったし！」

「本当に素晴らしい一日でした。人参があんなに美味しいとは思ってもみませんでした。コゼット、ありがとうございます」

みんなが楽しくて、本当に幸せだ！

レミアスの好き嫌いも今日でだいぶ減ったと思う。なんせ、食わず嫌いがかなり多かったから。


「うーん……」

屋敷の自室のリビングの床の上に、畳一畳《じょう》分はある大きな白い布を広げ、私は首をひねっていた。

広げられた布地のまわりには、絵の具や筆などが散らばっていて、足の踏み場もない有様だ。普段から部屋の掃除をしてくれているシシィは、ハラハラした不安げな顔つきでこちらを見ている。

両手を祈るように組み、まるで神に祈りを捧げているような仕草である。

「お嬢様……床だけは……絨毯だけは絶対に汚さないでくださいましね。絵の具はなかなかとれないのです」

「任しといて！」

シシィは心配性なんだから。

まったく、私は子供じゃないっていうのに……いや、子供だけどね。

「やっこさんはわからなさそうだし……やっぱり、可愛い動物の絵にしようかしら」

私は黒の絵の具を筆につけると、豪快な仕草で白布に筆を滑らせる。

「パン、パン、パンダ～」

「お、お、お嬢様！　丁寧に！　丁寧に！」

快調快調。うーん、我ながら、なかなかいい出来なんじゃない？

目の周りの黒い部分と目の部分が一体化しちゃうのが難しいわね。白く抜いたらいいかしら。

鼻歌交じりに筆を操っていると、いつの間にか手元を覗き込んでいたシシィが、眉根を寄せて口を開いた。

「お嬢様……いくらなんでも、ドクロの絵はよくありませんわ。まるで海賊船ではないですか！」

「え？　ドクロ？」

「ええ！　お嬢様が海賊船のマークをご存知とは知りませんでした。動物の絵を描かれるのではないのですか？　あら？　ドクロも動物の一種なのかしら……」

「いや、ドクロは生きてないと思う」

「そうですわよね」

なんだかかみ合わない会話に二人で首をひねっていると、部屋の扉がノックされ、我が家の執事に案内されてゲオルグと王太子殿下が連れ立ってやってきた。二人とも動きやすそうな軽装に身を包んでいるが、相変わらず見目麗しい。

「コゼット、お邪魔するよ」

少し伸びてきた銀髪をリボンでくくった王太子殿下は、上品な白のフリルシャツと濃いブルーの乗馬パンツ姿だ。まだ幼さの残るあごの下で揺れる、首もとのリボンタイが可愛らしい。

……ラフな服装なのに、あふれ出る気品が半端《はんぱ》ないな。

一方、ゲオルグのほうは、シンプルだが上質なモスグリーンのシャツにグレーのパンツを合わせている。飾り気のない服装だが、ゲオルグの持っている快活で爽やかな雰囲気とマッチしていてとても魅力的である。

「……コゼット？」

「はっ!?」

つい、ぼけっと見惚れてしまった。今日は、約束していた写生会の日である。画材などの準備をしていたら大きな白布を見つけたので、ついつい新作の『たこ』の絵を描くのに夢中になってしまっていた。

私はスカートをぱぱっとなおすと、慌てて立ち上がって礼をした。その間に、散らかった室内をシシィが慌てて片付けてくれている。

「王太子殿下、ゲオルグ！　ごきげんうるわしゅう」

「おう！　今日はレミアスに習って絵を描くんだろ？　俺のほとばしる才能をみせつけてやるぜ！」

「へえ！　ゲオルグに絵心があったなんて知らなかったわ！　楽しみね！」

「ああ！　描いたことないけどな！」

「をい」

「ところでコゼットは何をしていたのだ？　それは……この間の『たこ』か？」

ゲオルグの発言をまるっと無視している王太子殿下。流石《さすが》です。

私はとりあえずゲオルグのことは置いておくことにし、足元に広げられた『たこ』を指さして胸を張った。

「そうですわ！　見てください！　可愛いパンダの絵にしましたの！」

「「「パンダ……？」」」

殿下にゲオルグ、ついでにシシィまでがそろって首を傾げた。

……あれ？　もしかしてパンダって知らないのかな？　確かにパンダは中国のイメージがあるから、この世界にはいないとか？

「あれ？　パンダって、ご存じないですか？」

「いや……確か、東方にいるという動物だったか？」

「……パンダってすげえ怖そうな動物なんだな」

「……てっきりドクロかと思いました」

何故か三人とも、不気味なものをみるような目で、白布に描かれたパンダをみている。

「失礼ね！　こんなに可愛いのに！」

「これを空高く掲げれば、敵兵は恐れおののきそうだな」

「確かに……コゼット、すごいこと思いつくな。父上に教えていいか？」

「敵兵どころか、味方も恐れおののきそうです」

「そんな戦略的兵器じゃないわよ！」

「魔除《まよ》けの絵かしら。寝室にあったら寝られなくなりそうだけど」

「魔除けじゃなああい！　って、え？」

振り向くとそこには、腰に手を当て仁王立ちするレミーエ様と、その後ろで苦笑いするレミアスが立っていた。

爽やかなレモンイエローに、白い刺繍の可愛いドレスはレミーエ様の金髪によく映えていて、少女らしい魅力を引き出している。レミアスはクリーム色のドレスシャツに、ブラウンのパンツとジャケットを合わせており、二人が並んでいるとそろいの人形のように可愛らしい……なんとも麗しい兄妹である。

「あれ？　レミーエ様！　ごきげんよう！　遊びに来てくださったのですか？」

「レミーエか。……久しぶりだな」

「よお、レミーエじゃないか。お前も絵を描きに来たのか？」

訳がわからないまま歓迎する私とゲオルグだったが、何故か王太子殿下は気まずそうな表情を浮かべた。

「すみません、どうしても付いてくるときかなかったもので……」

「あら！　私がいると不都合でもあるのかしら？　いつもいつも私を仲間外れにしてレオンハルト様にお会いするなんて、許しませんことよ！」

「いや、別に仲間外れにしていたわけじゃあ……」

「……レミーエは、相変わらずだな」

フン！　と細い顎をそびやかしたレミーエ様に、レミアスと殿下はそろって苦笑いを浮かべた。

「それで今日は、何をするんですの？　魔除けのお守りづくり？」

「いや、魔除けじゃな……」

「今日は絵を描くんだぞ！　レミアスに教えてもらうんだ！」

「ゲオルグ！」

「え？」

珍しく慌てたような声色《こわいろ》のレミアスの言葉に、びっくりして振り返るとレミアスは緊張した面持ちでレミーエ様をみつめていた。部屋に謎の緊張感が走るが、なにかまずい発言をしたらしいゲオルグはきょとんとしている。

しかしそんな微妙な空気の中、レミーエ様はレミアスにむけフンと鼻を鳴らすと口を開いた。

「……ご心配なさらずとも、お父様に言ったりしませんわ。だいたい、何を言われようと絵でもなんでも好きに描かれたらよろしいのです」

「レミーエ……」

「お父様は少し……頭がかたくていらっしゃるから、見つかったら面倒ですけれど……ああ、こちらで絵を描かせてもらえば解決ですわね。コゼット、そういうことで、よろしくて？」

「え？　え？」

「だから！　これからも！　お兄様が！　こちらで絵を描いてもいいかしらって！　き・い・て・い・る・の・よ！」

「あ、はい！　えっと、喜んで？」

そういうと、レミーエ様は満足げに頷いた。しかしその表情は、どことなく嬉しそうだった。もしかして、レミアスはお父上に絵を描くのを禁止されていたのだろうか。だからこの間、絵を描くのを渋っていたのか……

「やっぱりレミーエ様って、優しいですね」

「えっ⁉　コ、コゼット？　何を言っているのかわからないわ！　あ、貴女、熱でもあるんじゃなくって⁉」

レミアスにまた、絵を描いてほしかったんだろうな……そう思って笑いかけると、レミーエ様は悔《くや》し気《げ》に私を睨み付けたあと、照れたようにそっぽを向いた。


その後、私たちは全員で、この間の丘へとピクニックに繰り出した。絵を教わる前にまず自由に描いてみようということで、おのおの好きな場所に陣取ってスケッチブックを広げる。

さくさくと草むらを歩いて丘の頂上に立つと、そこからは街の外壁のはるか遠くまで見渡せた。街道の近くにはこんもりとした木々に囲まれた湖が見え、ぽつぽつとある民家に、放牧されているらしい動物たち……なんとも牧歌的で、どこか懐かしい、素晴らしい風景だった。この景色を描くことに決めた私は、適当な岩の上に腰を下ろした。

他の面々は……と周りを見渡すと、ゲオルグは当たり前のようにどこか遠くへと駆けていき、その後を必死で追いかける警備兵の後ろ姿がみえた。

「コゼット、隣、いいか？」

「殿下！　もちろんですわ。どうぞ」

割と大きな岩でよかった……おかげで、私の安定感あるお尻が居座っていても、場所をあけることができた。

「素晴らしい景色だな……」

「そうですわね。なんだか、平和の象徴という感じがしますわ」

そのまま私たちは、しばし絵を描くのも忘れ、ただ黙ってぼんやりと景色を眺めた。

「……戦争なんて、起こりませんわよね？」

「ん……？」

「先ほど、『たこ』を兵器になんてお話をしてらしたから、なんとなく思いましたの」

「ハハ、不安にさせてしまったか。有用なものをみると、つい、な。まあ……先のことはわからない。だが……」

「けれど？」

「このままずっと……みなが平和に暮らせるようにするのが、私の務めだと思っているよ」

目線を動かさず、遠くをみたまま告げるその表情は、覚悟を決めたような……年齢に見合わぬほどの決意に満ちていた。

その横顔を見た私は、ああ、この子なら……いいえ、この方が国王になるのなら、アルトリアの未来は明るいなと思ったのだった。

「うふふ！」

「コゼット？」

「もう安心いたしました！　殿下がいらっしゃるかぎり、この国は安泰《あんたい》ですわね」

「フ……そうか？　お前にそう言ってもらえると、頑張ろうと思えるな」

「そうですか？」

するとと殿下は、遠くを見ていた視線をこちらに移し、私をじっとみつめた。以前は人形のようだと感じたその顔は、美貌であることはかわらないが……もはや人形とは形容できないほど、活き活きと輝いていた。

なんて綺麗な瞳……まるで宝石みたい。

思わず吸い寄せられるように、手を伸ばそうとして……王太子殿下の声に、はっと我に返った。

「コゼットが隣にいてくれたなら、もっと……いや、いくらでも私は」

「殿下……？」

伸ばしたままの私の手を、殿下が掴もうとした、そのとき。

「レオンハルト様！　もう絵は描かれました？　みてくださいまし！　私、殿下を描きましたのよ！」

みつめあう私と殿下の間に、シュバッとスケッチブックが差し込まれた。

ちょ、ちょっと鼻がこすれた。痛い。

眼前をふさぐスケッチブックをよけて声のした方に顔を向けると、らんらんと輝く瞳で私を睨み付けるレミーエ様がいた。

「レミーエ様……？」

「レオンハルト様！　あちらに可愛らしい花をみつけましたの！　一緒に見に行きませんこと？」

「あ、ああ……」

レミーエ様に睨まれたのは、初めてだ。その強い視線に射すくめられたように押し黙る私を残し、困ったような顔をした王太子殿下の手を引いて、レミーエ様はどこかに去っていった。

「お兄様。レオンハルト様とコゼットは、随分仲がよろしいのね」

伯爵家からの帰りの馬車の中、ずっと物憂《ものう》げに窓の外を眺めていたレミーエが、唐突《とうとつ》にぽつりと漏らした。

揺れる馬車の車窓、その窓枠に肘《ひじ》をつき、顎を手で支えた妹は、怒りをあらわにして騒いでいた行きの道とは比べ物にならないほど静かで、まるで別人のようだった。みるともなしに景色を眺める横顔は、普段よりも随分と大人びてみえる。

「……ん？　ああ、そう……かもしれないね」

「レオンハルト様は、コゼットのことを……いいえ、なんでもありませんわ」

そう、言いかけてやめた妹の瞳は、不安げに揺れていた。

◆◆◆◆

「今日は、竹馬をしようと思います」

「「「たけうま？」」」

我が家の庭で体育座りをする三人が、聞きなれない単語に首を傾げる前で、私は胸を張って堂々と説明をはじめた。

今日は残念ながら、レミーエ様はいらっしゃらなかった。レミアスが誘ってくれたのだが、お腹が痛いから行かない、とおっしゃっていたそうだ。

私だったら腹痛の原因は大抵食べすぎなんだけど……レミーエ様も食べすぎたのだろうか。

「竹馬というのは、ズバリこれです！　ボブじい、カモン！」

「ハハッ！　アイアイサー！」

私の掛け声をうけ、ボブじいが海賊船の下っ端のような返事をしながら竹馬を持ってきて、自慢げに空高く掲げる。日の光を反射し、輝いているようにみえる竹馬。二人で仲良く夜なべした力作である。

残念ながら竹がなかったため、裏山の木を切り倒して……はいないが、その辺にあった木材を使用して製作した。竹馬の棒部分には、リアリティを重視した馬の頭部が挿さっている。

竹馬自体は単純なつくりなので、ボブじいに竹馬作りが自分の天職なのではないかと勘違いさせるほど簡単に製作できたのだが……この頭部作りに手間がかかったのである。

別段、竹馬に頭部をつける予定も、そのつもりもなかったのだが、ボブじいに「『竹馬』なのに、竹の要素どころか馬の要素もないよね！　ハハッ！」と言われたことから、急遽《きゅうきょ》馬の頭部を棒の先端につけることにしたのである。竹は手に入らなかったため、涙を呑むことになったのが悔やまれる。

私とボブじいが握り締めた竹馬（馬の頭部つき）を見て、王太子殿下をはじめとする三人は、しばし呆然としていた。

しかし、真っ先にゲオルグが、瞳をキラキラさせて竹馬に飛びついた。

「コゼット！　これ、すっげー格好いいな！　俺、ワクワクするぞ！」

「そうでしょう⁉　さあ、遊びましょう！」

私は全員に竹馬を渡すと、乗り方を説明した。

「こうやって、そりゃっ！　あわわ、ボブじい、ちゃんと押さえてて～！」

「あらら～お嬢様、どこにいくんだ～い？」

「へえ！　そうやるのか！　それ！」

私がよたよたと竹馬に乗って移動するのを尻目に、案の定というかゲオルグはあっという間に竹馬を乗りこなすと、颯爽とどこかへ消えていった。

ゲオルグの運動能力、すごすぎやしないだろうか。くっ！　これが世に言う『チート能力』というやつか！

ボブじいに支えられながら竹馬に乗る私は、ゲオルグの後姿を指をくわえてみているしかなかった。

「お嬢様～ァ、仕方ないヨ！　お嬢様は丸いから、ちょっとバランスが取りにくいだけダヨ！」

「なにそれ超ココロ痛い！　全然フォローになってないわ、ボブじい！」

その間、竹馬の上でがなる私を放置して、殿下とレミアスは和やかに竹馬の練習をしていた。

「ほほう、なかなか興味深いな。バランス力と柔軟性を鍛えるのによさそうだ」

「その通りでございますね。もっと高さをだせば、敵陣の偵察にも使えそうです」

「ふむ。寡兵《かへい》のとき、兵に見せかけたり、奇襲にも……」

訂正。全然和やかじゃなかった。

そうこうしているうちに、消えていたゲオルグが戻ってきた。

「おーーい！　これ、すっげえ速いな！」

ものすごいスピードである。ゲオルグは竹馬を自分の足のように操り、大きな歩幅で跳ぶように走っている。ヤツが乗っているのは、本当に私の作った竹馬なのだろうか。

竹馬であんな猛スピードを出している人は見たことがない。

「なんと！　竹馬とは、素早い移動手段であったか！」

「こんなものを発明するとは、コゼットは軍事にも造詣《ぞうけい》が深いのですね！」

「そんなわけあるかあああ！」

どうしてこうなった。明後日《あさって》の方向に勘違いする二人。屋敷の庭に、私の絶叫がこだました……


あっという間に竹馬を乗りこなし、それどころか竹馬の秘められたポテンシャルまで引き出したゲオルグ。やつの運動神経はどういうことになっているのか……まあそれは置いておくとしても、王太子殿下とレミアスの二人もすぐに竹馬を乗りこなし、屋敷の周囲を駆け回りだした。

以前は子供らしくはしゃぐことに、どこか抵抗があるようにみえた王太子殿下だったが、何かを吹っ切れたのか、近頃はすっかり全力で遊ぶようになった。ゲオルグに釣られたのかしら？

でもこんなに短時間で竹馬のコツを掴むなんて！　さすが、若いって素晴らしい！

……あら？　今は私も若いはずよね。おかしいわね。

「ところでコゼット」

「おふっ!?」

びっくりした。いつの間に私の後ろをとったのだろうか。

バクバクする心臓をおさえつつ振り返ると、太陽を背にした王太子殿下が、竹馬の上から私を睥《へい》睨《げい》していた。

とても威厳が……ないな。うん。

二頭のハリボテ馬の頭部の間から顔をのぞかせる殿下……私は無表情を崩さぬよう、平静を装って返事をする。なんで無表情かって？　表情筋をうごかした瞬間に、笑いの発作が爆発してしまいそうだからに決まっている。

「お、王太子殿下。ど……ぷっ……どうしました？」

「うむ。この間の『たこ』といい、この『竹馬』といい、騎士団での訓練などに採用したいと思うのだ」

「騎士団に!?　ぐふっ……、で、でも、戦争に使われるの、は……」

「もちろん、軍事的な利用がコゼットの本意ではないことは重々承知してはいる。しかし騎士団が精強であることは、戦《いくさ》への抑止力にも繋がることを理解してほしい」

「そ、そうなのですね。わかりました、そういうことでしたら」

「そうか！　それでは早速、騎士団団長であるレイニード伯爵に紹介させてもらいたい……コゼット？」

「ぷはーー！　も、もうダメ！　あはっ！　あはははは！」

殿下ったら、そんな！　竹馬の上から真面目な話をされたら……私にも、我慢の限界というものがあるのよ!?

「コゼット!?」

「いや、っは、すみません！　あはっはっはっは！　だって殿下、竹馬に乗りながら、そんな真面目な顔をして……」

「あ、そうか。ふふ……ははは！　竹馬の上からする話ではなかったな。はははは！」

「そうですわ！　あははははは！」

「なに笑ってるんだ～？」

「随分楽しそうですね！」

こうしてその日も平和に過ぎていき、私たちは後日、レイニード伯爵のお屋敷に伺うことになったのだった。


「ここが、レイニード伯爵邸……ゲオルグのおうち……」

我が家まで迎えに来てくれた王太子殿下とともに伯爵邸を訪れた私は、馬車に揺られながら呆然とその館をみつめていた。

「うむ。伯爵は少々変わっていてな。まあ、ゲオルグとそっくりだといえばわかるだろうか」

「ああ……なるほど」

レイニード伯爵邸は、すでに入り口の門からして異様だった。

まず、黒光りする鋼鉄製の門扉には、普通の屋敷の門に付属している開閉用の車輪がついておらず、力で押し開ける仕様であった。もちろん急使などが通るための、小さな扉はある。しかし危急の用件のとき以外はこの軽く百キロを超えるだろう門を押し開けなければ屋敷にはいることすらできないという。そして、門の横に書かれたあの言葉……

『汝《なんじ》、この屋敷にはいりたければ、その手でこの門を開き力を示せ』

……ここはどこかの道場とかダンジョンなのだろうか。伯爵がどんな人物なのか、はなはだ不安である。

しかも、慣れた仕草で馬車から降りた王太子殿下が、馭者と力を合わせてふんっと門を押し開けたものだから、私はさらなる衝撃に目をむいた。

「で、殿下……すごいですわね」

「ん？　ああ、いつものことだ」

「んんんんん⁉」

まさか王太子殿下まで試されているのか。なんなんだここは。試練の館かなにかか。

門を通り過ぎてから広がっていた屋敷の前庭には、藁《わら》で作られた人型の巻き藁がそこかしこに乱立し、丸太で作られたアスレチックが立ち並ぶ。しかもそのアスレチックの凶悪なことといったら、某SASＯKEもびっくりの難易度である。そしてどうやって作ったのか、屋敷の屋根より高い位置に組まれた丸太から垂れ下がる、二本のロープ。

あれはまさか……ラストの障害の……


「……殿下、あのはるか上から垂れ下がる縄は……」

「ん？　あれは、縄登り用だな。腕だけで登るのはなかなか大変だったが、いい鍛錬《たんれん》になるぞ」

踏破済みかっ！

うん。さすが、ゲオルグと幼馴染《おさななじみ》なだけある。

「む。新しい組み木が作られているな。また励まねば」

「わー……ステキー……」

あまりにも殺伐《さつばつ》とした庭を眺め、遠い目をしているうちに屋敷へと到着した。うん。遠目で見たときから思っていたけど、これどう見ても体育館だよね。

「わー……ステキな体育館……」

「ん？　タイイクカン？　武骨な屋敷だが、球技はやりやすいぞ！」

殿下。そういう問題じゃないです。ボール遊びはお外でやってください。

「はっはっは！　ボールはいいぞ！　ボールは友達だ！」

「まさかのキャプツＯ⁉」

背後から放たれた唐突な大声に、ざっ！　と振り返るとそこには、小麦色の肌の長身の男性が立っていた。

「ハッハッハ！　殿下！　熱くなっていますか⁉」

「レイニード先生！」

先生……？

この長身の男性が、レイニード騎士団長なのね。色々と突っ込みどころが満載だが、それよりも重要な事柄に、私は意識を持っていかれていた。

「しゅう○う様……？」

「ん？　ハッハッハ！　初めましてお嬢さん！　熱くなっているか？」

何を隠そう、前世での私の密かな趣味は、テニスの試合の観戦である。……おもに解説目的で。

レイニード伯爵は、騎士団団長だけあって鍛え上げられた長身に、凛々しく男らしいマスクの美《び》丈夫《じょうふ》だった。小麦色に焼けた肌、短く刈り上げられたこげ茶の髪、輝く白い歯……この方はまさに、私の愛する……

「しゅ○ぞう様。結婚してください」

「コゼットォ⁉」

思いあまった私のプロポーズは、当然ながら断られた。

その後、しゅ○ぞう様……じゃなかった。レイニード騎士団長のために、私は日夜竹馬を作りまくり、伝統あるアルトリア王国騎士団では、鍛え上げられた騎士たちが竹馬で疾走し、『たこ』をあげる光景が見られるようになったのであった。

今日、私はレミーエ様の主催で行われた、刺繍の会に参加している。

会場はレミアスとレミーエ様の住んでいる、公爵家のお屋敷だ。お茶会などで何度か訪れたことがあるが、相変わらずいつみてもゴージャスで、まるで美術館のように高級品がそこかしこに置かれており本当に落ち着かない。

だってあからさまに高そうなんだもの。この屋敷をみると、宰相である公爵様が国王陛下に匹敵するほどの強い権力と財力をもっている、という噂も頷けるというものだ。

見上げるほど大きな正門から入って、季節の花々があふれんばかりに咲き乱れる庭園を眺めながら、しばらく馬車を走らせたところにあるお屋敷は、白亜の宮殿にも思える威容を誇っている。私たちがちまちまと刺繍を刺しているのは、豪華な庭に面した、これまた豪華なサンルームの一室である。

サンルームの窓際に置かれた大きめのテーブルを囲むように座っているのは、レミーエ様に信号機令嬢、そして私だ。

この世界では、刺繍は貴婦人の嗜《たしな》みのひとつで、イニシャルを刺繍したハンカチーフを恋人にプレゼントしたりする恋愛の重要なアイテムである。

かくいう私の刺繍の腕前はというと……

「コゼット、その刺繍はなあに？　まるでミミズがのたくっているみたいだわ！」

オーウ！　し・ん・ら・つ！

どこか嬉しそうなレミーエ様から放たれた、きつい言葉に胸を痛めつつ、ぼそぼそと言い訳する。

「『ぞうきん』作りとか、ボタン付けなら得意なんですけどね……どうも刺繍は慣れてないっていうか」

そうなのだ。前世では娘のお稽古《けいこ》バッグを作ったりもしていたのだが、刺繍にはとんと縁がなかった。まあほら、現代日本には超高性能ミシンとかがイニシャルや名前も刺繍してくれたりするし、ねえ?

……うむ。我ながら苦しい言い訳である。そんな高級ミシン、持ってなかったし。

「『ぞうきん』ですって? はあ、貴女は本当に……意味がわからないわ」

呆れたように天を仰ぐレミーエ様。そしてそのわきを固める赤のジュリア様、青のエミリア様、黄色のマリエッタ様が口々に騒ぎ出した。

「そういえば私、『ぞうきん』というものを、見たことがありませんの」

「私も! 召使が使うものなのでしょう?」

「私は見たことありますわよ! 確か、四角い布地でしたわ!」

何故か胸を張るマリエッタ様に、他の二人がおおー、と拍手する。

「貴女たち、いったい何を競っているの! 『ぞうきん』なんて……あら、そういえば、私も実物を手に取ったことがないわね」

……嫌な予感に、背中にたらりと汗が落ちる。ちらりと私に目線をくれるレミーエ様。何故か信号機令嬢たちも、期待に満ちた目で私をみつめていた。

「ねえ、どうしてバツ印に縫うの?」

「その方がものを拭いたときに、布地がずれないのですわ」

「ねえ、タオルを三枚も重ねるのはどうして？」

「だって厚みがある方が、拭きやすいじゃありませんか」

「ねえ、どうしてわざわざ、そんなぼろ布を使うの？　こちらの綺麗な布のほうが、可愛い『ぞうきん』が作れましてよ」

「いやだって『ぞうきん』ですし……」

どうしてこうなった。

優雅な刺繍会は一転、『ぞうきん』作り講習会となった。『ぞうきん』がけなどしたこともない、やんごとなき貴族令嬢がせっせと『ぞうきん』作りに励むその姿は、なかなかにシュールである。

「さすがレミーエ様！　素晴らしい『ぞうきん』ですわ！」

「まるでレミーエ様のように、華やかで気高い『ぞうきん』ですわね」

「このレース使いがとくにお見事ですわね！」

「オーッホッホッホッホッ！　私の手にかかれば、どんな汚れもかすませる『ぞうきん』が作れましてよ！　オーッホッホッホッホッ！」

「「「オーッホッホッホッホッ！」」」

……本当に、どうしてこうなった。

テーブルに所狭しと敷き詰められた、色とりどりのきらびやかな『ぞうきん』を眺め、私は大きく肩を落としたのだった……

そしてその後、我が家に遊びに来たレミアスから、『ぞうきん』が額縁にいれられて公爵家の廊下に飾られていると聞いたときの衝撃は、言葉では言い尽くせないものだった。

閑話：俺たちのお姫様　ゲオルグ視点

昔の俺にとって、コゼットに対する印象はあまり良くなかった。

コゼットは太っていて、いつもボーッとしている大人しいやつだった。

同年代の貴族子弟なので一応顔くらいは見知っていたが、あのうるさいレミーエの後ろにいっつも隠れてるだけだし、口を聞いたこともほとんどなかったから、興味もなかったのだ。

最初にちゃんと喋《しゃべ》ったのは王太子殿下とシグノーラに行ったときだ。

本当は、俺に行くつもりはなかったのだが、殿下が行くというので渋々ついて行っただけだった。

それまで女にまったく関心のなかった殿下が、あるときから急にコゼットのことを気にしだしたので、不思議に思ってはいたのだ。後から聞いてみると、最近新しくできたブランドであるシグノーラのデザイナーで、画期的な商品を次々と開発するコゼットに興味がわいたからだったそうだ。

それだけにしては、やたら熱心だったような気がするけど……俺の知らないところでエーデルワイス伯爵からもコゼットの話を聞いていたみたいだから、それも理由のひとつだったのかもしれない。

そんなこんなで俺たちはシグノーラに行ったんだけれど、俺はコゼットのことを、殿下をたぶらかす悪女だと思っていた。

まあ俺はそのとき、コゼットだけじゃなく女全般が苦手というか、嫌いだったんだけど。

殿下のお供で仕方なしに出ていた茶会では、女どもはチャラチャラヒラヒラしてつまんない話ばっかりしているし、香水くさいし、周りをウロチョロしてて本当に邪魔だった。

だからコゼットも、そんな女たちとおんなじだと思ってた。

でも、コゼットは違ったんだ。

最初はそこらへんにいる女どもと変わらないと思ってた。でもあいつが作る健康グッズはどれも面白くて、体を鍛えるのがもっともっと楽しくなった。

騎士団長である父上にも鍛錬の成果を褒められたし、コゼットに頼まれた〝もにたー〟をして、新しい健康グッズを試せるのも面白かった。

それに当たり前みたいにコゼットも一緒になって運動をしていたんだけど、これにも驚いた。

だって普通、そこらへんにいる女ども……いわゆる令嬢は、運動なんかしないのだ。

気取った『ご令嬢方』がする運動といえば、せいぜいダンスの練習くらいのものだ。俺には理解できないけど、社交界では『儚げな風情』のナヨナヨした女が人気があるらしい。

だから、俺と一緒に走りまわるコゼットをみて、やっぱりこいつはひと味ちがうな、と思った。

そのせいか、コゼットはどんどん痩せて、どんどん綺麗になっていった。昔見たときよりずっと細くなって、でも引き締まった健康的な体型で……

俺はいつの間にか、コゼットといるとドキドキするようになった。

なんでドキドキするのかわからなくて、コゼットに乱暴な態度をとったこともあったけど、コゼットは怒らなかった。何故かいつも、微笑みながら俺の頭を撫でてきた。

同い年のくせに母上みたいに子供扱いしてきてムカついたけど、コゼットだから許せた。

殿下とレミアスと四人で遊ぶのはものすごく楽しかった。

コゼットは誰も知らない遊びを次々に教えてくれて、毎回夢中になって遊んだんだ。

ガリガリで不健康だったレミアスはみるみるうちに健康的になって、いつもつまらなそうな顔をしていた王太子殿下は、見違えるように明るくなった。

気がついたら、俺たちはみんなコゼットが大好きになっていた。

一緒に遊びだしてから何年か経つころには、コゼットはますます綺麗になっていた。

コゼットの母上は美人で有名だが、俺にはコゼットのほうがずっと美人にみえる。

そのころには、茶会などがあると男どもがコゼットに声をかけようと、様子を窺っているのがわかったので、俺たち三人で邪魔をしたり牽制《けんせい》したりした。

俺たち以外の男は絶対に近づかせないように、全員で目を光らせていたのだ。

コゼットは、俺たちの大切なお姫様だった。

そしてそれは、もうすぐ学園入学を控えた今でも、ずっと変わらない。

ゲーム開始　王立アルトリア学園入学

「ふうーー。シシィ、どう⁉　おかしくない⁉」

私は今日、何度目になるかわからない質問をした。

鏡の前で色んな角度から確認する。

「はいはい、おかしいところなんてありませんよ。よくお似合いです」

シシィの返事もだんだんおざなりになってきている。しかし、今日くらいは許してほしい。

シシィには申し訳ないが、私にも事情があるのだ。

今日はアルトリア学園への入学式。

そう……今日の入学式で、本格的にゲームが開始する。

私との一騎打ち……チュートリアルは、恐らく入学式から一ヶ月以内に行われる。

ゲームではチュートリアルの明確な日時は示されていなかったが、五月頭に行われる新入生歓迎の舞踏会より前にイベントがあったはずなのだ。

さすがに入学式にイベントが起こることはないと思うが……警戒しておくにこしたことはない。

一騎打ちでは、容姿も審査対象になるのである。

基本持ち点がいつ決定されるのか、それともすでに決まっているのかはわからないが、少しでも高い点を稼ぐためにも、気を抜いた服装でいくわけにはいかないのだ。

それに気になることは、私に前世の記憶があるせいで、ゲームの登場人物たちに変化が生じている可能性である。

一度、この乙女ゲームの攻略対象者たちを整理してみよう。

レオンハルト・アルトリア
繊細な美貌をもつアルトリア王国の王太子殿下である。

優しく穏やかな気性だが、正義感が強いようだ。

主人公のアンジェをなにかと気にかける……はずだが、最初のプロローグイベントのころ以来、あまり気にしているところを見たことがない。私が気づいていないだけかな？

まあ、学園にはいったらそのうち気にかけ出すのかもしれない。

王太子殿下はその正義感の強さゆえに、実の父である国王陛下に反発を覚えている。国王陛下は国の利益になるならば、道義的に悪とされることもためらわず行う方だからだ。しかしアンジェと結ばれるために苦難を乗り越えていくうちに、清濁《せいだく》併《あわ》せ呑《の》むということを理解して成長していく……というストーリーである。

ゲオルグ・レイニード
騎士団団長である、レイニード伯爵の息子。
活発で武芸に秀《ひい》でており、趣味は鍛錬。
確かゲームではレミーエ様に淡い恋心をいだいていたが、途中で打ち砕かれていたはずだ。

「私に筋肉バカは似合いませんことよ！　オーッホッホッホッホッ！」

という台詞を覚えている。レミーエ様に振られたところをアンジェに慰められ、ひたむきに頑張るアンジェと一緒にいるうちに、自信を取り戻していくのだ。

ゲオルグはレミーエ様に恋心を抱いているのだろうか。あの二人がまともに会話をしているところを見たことがない……見かけるたびにレミーエ様は信号機令嬢と高笑いの練習をしているし、ゲオルグはいつも、何かを食べているか鍛錬をしていた気がする。

まあまったくそんな感じがしないが、心の中はわからない。恐らく胸に秘めているのだろう。

レミアス・ドランジュ
宰相でもあるドランジュ公爵の子息で、レミーエ様の兄上である。

レミアスは私たちより一つ年上のため、すでに学園に入学している。

確かゲームでは、割と陰気で不健康な病弱キャラクターで、主人公アンジェがお弁当を食べさせたり、なにかと世話を焼いていくうちに心を開いていくストーリーだった。いわゆる、メガネをはずしたら超美形だった！　系のキャラクターである。

彼が一番、ゲームと比べて変化しているかもしれない。

不健康さを見過ごせなかった私が、レミアスを健康ピッチピチにしてしまったからだ。

いまの彼には以前の不健康さや陰気さの影も形もなく、生来持っていた類稀《たぐいまれ》な美貌に磨きがかかっている。

はっきりいって、最近のレミアスは美しすぎて、横に並びたくない……。

そして最後の攻略対象者には、まだ出会っていない。

その人物は……学園の教師を務める、若き侯爵である。

名前はアルフレッド・グランシール。

彼については、名前以外はよくわからない。攻略が難しい！　と娘がわめいていた記憶があるだけで、詳しいことは聞いていないのだ。もしかしたら、まだクリアできていなかったのかもしれない。


攻略対象者は以上の四名だ。

こうして考えてみると、レミアス以外はあまり変わっていないな。

アルフレッド以外の三人とは仲良くしてもらっているが、一騎打ちの投票で私に票を入れてくれるかどうかはわからない。

とりあえずダイエットにはおおむね成功したと思うから、容姿の点はゲームよりもあがっているはずだが……油断は禁物だ。

女子修道院なんてまっぴらだしね！

あれ、でも、もし結婚できなかったらシグノーラもあるし、一人で生きていけばいいんじゃないのかな⁉

私はその可能性を考えてもみなかったことに愕然とした。

「ねえ、シシィ！　結婚できなかった貴族の女性はいるのかしら⁉　というか、結婚しなかった場合とか！」

「そうですね……私の知る限り、結婚できなかった女性は、総じて女子修道院に入られるのがこの国の慣例だったかと。しかし、なかには女子修道院を嫌がって入られなかった女性もおられます」

「その女性はどうなさったのかしら⁉」

やはり、修道院に入らなかった人もいるのね！

期待を胸に、勢い込んで聞いた私にもたらされた答えは……無情なものだった。

「国外に出て行かれたと聞きました。その後はわかりかねます。平民ならいざ知らず、貴族の女性で結婚できないことはあまり考えられないことです。謗《そし》る方もいらっしゃいますし……国内には居場所がなかったのでしょう」

なん……だと！

結婚できなかったら国外逃亡せねばならんのか。

それはイヤだなぁ。優しい両親もいるし、屋敷のみんなも大好きだし。それに友達もできたしで、なんだかんだ楽しいのに。

まぁ、何を言われようと気にしなければいいのかもしれないけれど、評判や体面を重視する貴族社会だ。お父様たちにご迷惑をかけるのは目に見えている。というか、それ以前に私は一人娘だった。……お家断絶してしまうのでは……

私がうんうん唸《うな》っていると、シシィが優しく慰めてくれた。

「大丈夫ですよ、お嬢様。ダイエットに成功されて、こんなに変わられたじゃないですか。自信を持ってください！　それに、お嬢様はエーデルワイス伯爵家の一人娘！　旦那様が必ず何とかしてくださいます！」

そうだ！　大丈夫だ！　私にはお父様がついている！

シシィの励ましをうけ、私は自分を奮い立たせると、学園指定のカバンを握りしめた。

「それではお嬢様、またお帰りのときにお迎えにあがります」

「ありがとう。ではまた帰りにね」

私はシシィに軽く手を振ると、目の前にそびえ立つ学園の内門を見上げた。

ゲームの舞台であるアルトリア学園は、王都の北東にある。

私はアルトニル西方にある貴族街の屋敷から、馬車で学園までやってきた。貴族街は王城に近づくほど身分や権力の強い貴族が居を構えるように配置されており、わが伯爵家はちょうど、貴族街の真ん中辺りにある。徒歩で行くには遠いし、馬車で行くには近い微妙な距離である。

学園の外門と内門の間にある車寄せには、登校してきた貴族子弟たちの馬車が並んでおり、続々と生徒が内門に向かっていた。

侯爵以上の貴族は内門の中まで馬車で入れるが、それより下位の貴族たちはここで馬車を降り、歩いて校舎までいかなければならないのだ。

この門をくぐると、ゲームが始まる……

ここまできたら進むしかないのだ。

私は少しの緊張とともに、高鳴る胸の鼓動を感じながら門をくぐり抜けた。

画面越しではなくみるアルトリア学園は、豪華できらびやかなことこの上なかった。

広大な敷地に建つ白亜の校舎は、内門から続く緑豊かな庭園の先にあった。庭園には春の花々が咲き乱れ、芳《かぐわ》しい香りがあたりに漂っている。

私はゆっくりとあたりを見回しながら、校舎へ向かって歩いていった。

ううー緊張する。気を抜いたらこけそうだよ。

「おーい、コゼット！」

後方から声をかけられ振り向くと、ゲオルグが走って近づいてきた。

「ゲオルグ！　ごきげんよう」

「お前、大丈夫か⁉　右手と右足が同時に出てるぞ」

「うそっ気付かなかった！　……じゃなかった、ありがとうございます、大丈夫ですわ、ゲオルグ様。オホホ」

急いで猫をかぶって取《と》り繕《つくろ》う私に、ゲオルグは微妙な顔をした。

ゲオルグはここ数年で見違えるほど格好良くなった。以前はやんちゃな美少年という感じだったのが、成長した今は、少年の面影はほとんどない。

顔つきは精悍《せいかん》そのもので、鍛え上げられた身体からはそこはかとない色気すら滲《にじ》み出ている。もう私が随分見上げなければいけないほど、背も高くなった。恐らく百八十センチ近いだろう。

「まぁ、知らない奴もいるし、緊張するよな。落ち着け、落ち着け」

ゲオルグが頭をポンポンと撫でてくる。

……昔は私が撫でていたのに。

随分大きくなって……思わず微笑ましい気持ちでみつめてしまう。

「な、なんだよ。ニヤニヤしやがって」

ゲオルグが顔を赤くして横を向く。

「ふふ。なんだか嬉しくて。ゲオルグこそ顔が赤いわよ。熱でもあるの⁉」

おでこを触ろうとしたが、手が届かないので頬を触って熱さを確かめた。

熱は……ないな。

「大丈夫だって……なんかこのやりとり、覚えがあるな」

「あはっそうね、あれは……初めて会ったときだったかしら。ゲオルグが私のことを睨みつけていて……」

「あれはっ……お前が殿下を惑わす悪女だと思っていたんだよ」

「悪女！　どうりでね。なんて目つきの悪い子だろうと思ったわよ」

「ははっ」

私たちは笑い合いながら、校舎の入り口へと歩いていった。

なぜか通学中の生徒たちが、モーゼの十戒のように左右に分かれている。ゲオルグのせいだろうか……さすがイケメン効果は素晴らしい。

そして入り口には人だかりができていた。

「混んでるなぁーなんかあるのか？」

「そうねぇ、タイムセールみたいね」

「タイムセールってなんだ？」

「そうね……戦場、かしら……」

「戦場だと⁉　お前まさか、戦場に⁉」

タイムセール、そう……それは主婦にとっての戦場。

いつ始まるかもわからない、タイムセールの始まりそうな箇所をあらかじめチェックし、何食わぬ顔をしてその周囲で待機したり……

「あれは、奇襲みたいなものだからね……」

「奇襲⁉　襲われたのか⁉　なんて卑怯《ひきょう》な！」

そして、タイムセールが始まった瞬間に猛ダッシュし、目星を付けていた商品をひっつかむ。

しかし……

「いくら万全の対策を練っていたとしても……戦果をあげられるとは、限らないのよ」

「そうだな……戦場は生き残れれば御《おん》の字の場合もある。必ずしも戦果はあげられない……」

自分の目当ての品を必ず確保できるとは限らない。

他の客に確保されてしまっていたり、目当ての品がセール除外品だったりするのだ。

「残念な結果になることもあるわ。でも、私は諦めない」

「コゼット……！　俺の知らないところで、なんてつらい思いを！」

せっかく出向いたセール会場。必ずお得なセール品をゲットするのだ！

ってあれ⁉

「ゲオルグ、なに泣いてるの⁉」

「お前がそんな苦しい思いをしていたなんて知らなくて……俺は……ううっ」

ゲオルグが悔しげな声を出して泣いている。

まったく、体は大きくなってもまだまだ子供ねえ。

「令嬢にしてはやけに図太くてたくましいと常々思っていたが、まさかそんな経験をしていたとは……コゼット、俺はお前を尊敬する」

「…………ありがとう…………？」

なんだか失礼なことを言われている気がする。

「ゲオルグ……なにを泣いている」

訝しげな声に顔をあげると、そこには王太子殿下であるレオンハルト様と、現在学園の二年生のレミアスがいた。

二人の周りに、少し距離をあけて人だかりができている。人だかりには貴族や平民の生徒が入り混じっているが、全員が殿下とレミアスを見ているだけで、一定以上近寄ってはいかない。

うわー、なにあれ。

近づきたくないな。二人の側によると物凄《ものすご》く目立ちそう。

空気の読めないゲオルグは涙を拭《ぬぐ》いながらそちらに近づいていくが……ヤツの心臓は鋼鉄製か。

私が逡巡《しゅんじゅん》していると、殿下がこちらに近づいてきた。

「コゼッ……」

「オーッホッホッホッホ！　オーーーーホホホホホホ！　ごきげんよう！　皆様！　このアタクシ、ドランジュ公爵が令嬢、レミーエをお待ちかねでいらしたのね！　お待たせして申し訳ありませんわ！　オーーーホホホホホホ！」

鋭く空気を切り裂く高笑いが辺りに響き渡り、レミーエ様が翻した真っ白なドレスの裾が風に舞う。その後ろに控えるは、赤青黄色の信号機こと三色令嬢……！

そしていつの間にか、一人称が〝私〟から〝アタクシ〟にバージョンアップを果たしている……！

相変わらず、なんて見事な悪役感。感服してしまう。

ちなみに今日も縦巻きロールは絶好調である。

何年か観察していて気付いたのだが、レミーエ様の元気がないと縦巻きロールの元気もない。今日はレミーエ様の体調も絶好調のようだ。

というか制服はどうした。

アルトリア学園の制服は、チェック柄がポイントのぴったりしたブレザーに、ロングスカートというデザインだ。白や青のきりっとした色使いが学生らしさを際立たせつつ、ところどころにある赤色が華やかだ。やはりゲームの世界だからだろうか。どことなく、前世で一世を風靡したアイドルの衣装に似ている気がする。

しかしそんな感じの制服の群れの中で、純白のドレスはあまりにも浮いていた。

「王太子殿下！　アタクシたちは同じクラスでしてよ！　さすが、学園もなかなか粋《いき》なことをしますわね！　さあ、参りましょう！」

レミーエ様は殿下の腕をとって意気揚々と教室に向かおうとしたが、その肩をガシッと掴むものがいた。

「レミーエ・ドランジュ君。ちょっと待ちたまえ」

「なんですの⁉　アタクシ、忙しいんでしてよ」

「とりあえず、生徒指導室に来てもらおう。話はそれからだ」

「いやあああああ、殿下ーー！」

ズルズルズル
レミーエ様が引きずられていった。

なんか、レミーエ様の性格がゲームと違う気がする……

いくらなんでも、これで淑女の鑑ってのは……

それから……今気づいたが、レミーエ様を引きずっていったのは恐らく最後の攻略対象者と思われる。

あの特徴的な蛍光グリーンに輝く髪には。なんとなく見覚えがある。

あれ、地毛なのかな……青い髪も大概だと思ってたけど、蛍光グリーンはないわ。

すね毛も蛍光グリーンなのかな。


レミーエ様の退場とともに、人だかりも解散していった。私とゲオルグは、殿下たちと合流して入学式の会場に向かうことにした。

「レミーエ様は今日も絶好調でしたわね」

「高笑いがさらにグレードアップしていたな」

「制服は届いていたはずなのに、何故だ……」

取り留めもなく話しながら歩いていると、あっという間に会場に到着した。

入学式は、学園の中庭で行われる。

中庭はさながらティーパーティーのように装飾されており、会場の脇にはビュッフェ形式の軽食が並んでいる。

うあー、美味しそう。

会場の前方から学園長らしき人の声が響いてくる。

しかし入学前、ダイエットの最後の追い込みでケーキ断ちしていた私は、欲望が暴れ出すのを抑えるのにとんでもない精神力を使ってしまっていて、まったく耳にはいってこなかった。

レアチーズタルト……イチゴのパンケーキ……

「私が王太子のレオンハルト・アルトリアだ。この学園に入学したからには、身分の分け隔てなく皆とともに研鑽を積み、将来のため視野を広げていきたく思う。皆もそのつもりで一生徒として接してほしい……」

あれ⁉　いつの間にか殿下が学園長の横で挨拶をしていた。

ケーキに目が釘付け状態で気付かなかった。

「コゼット、前向いて」

「ケーキばっかみるな。アホ」

ゲオルグとレミアスに注意されてしまった。

幸《さいわ》い、殿下のお姿に注目が集まっているため、私がケーキしか見ていなかったことに気付いたのは二人だけのようだ。

危ない危ない。

殿下の挨拶が終わると、そのまま懇親会にうつった。

私はふらふらとケーキのほうに向かおうとする足をなんとか押しとどめ、できるだけ優雅にみえるように紅茶をすすった。

「ふぅ ー体に染み渡るね～」

「美味しい紅茶だね」

「俺は緑茶のほうが好みだな」

三人で枯れたジジババのように紅茶を堪能していると、殿下がこちらに向かってくるのが見えた。

……と、私たちの脇をピンク色の頭が猛スピードで駆け抜けていった。

……あれは……アンジェ⁉

「アンジェ……」

殿下が目を見開き、声を漏らした。

「レオンハルト様！」

アンジェが殿下に猛タックルをかました。

しかし、さすが私たちとともに鍛錬をしていただけある。殿下は軽々と、腕の中に飛び込んできたアンジェを受け止めた。

「会いたかった！　ずっとお会いできなくて寂しかったわ！」

アンジェは明らかに戸惑っている殿下に抱きつくと、そう声を張り上げた。

おお……積極的。でも、ちょっとマズイんじゃ……

学園では身分の差はなく平等に接することが義務付けられているとはいえ……いくらなんでも王太子殿下にいきなり抱きつくのは、どうだろう。

案の定、殿下の周囲の人垣から非難の声が漏れる。

「どなたかしら……王太子殿下に抱きつくなんて、不敬にもほどがあるわ」

「あれは……平民特別クラスの方ではなくて⁉」

「まあ……やはり下賤《げせん》の者は……」

その人垣の中から、一人の令嬢がサッと歩みでた。

「貴女！　どちらの方かは存じ上げませんが、その殿下への馴《な》れなれしい態度！　殿下ファンクラブの会長として、許せるものではありません！　私と勝負なさい！」

おおおおお！　あれは……！

我が同志、チュートリアル令嬢A！　名前は忘れたが、あのガリガリ具合にビン底メガネは間違いない。

というか殿下ファンクラブってなんだ。しかも会長……などと考えている場合ではない。

これは……危惧していたチュートリアルの開始である。彼女の後が私の出番……チュートリアルBの登場だ。まさかチュートリアルAのイベントが本当に入学初日に起こるとは思っていなかった。

「待ってました！　……じゃない、受けて立ちます！」

私が呆然としている間に、令嬢からの勝負の申し込みにアンジェが応じ、一騎打ちが行われることになった。

一騎打ちの投票日は一週間後。

殿下を含む、攻略対象者たちの投票で勝敗が決まる。

令嬢勝ち抜き戦は王太子在学中の恒例行事であるため、学園側によって細かく詳細が決められるらしい。

彼女は、もし一騎打ちに負ければ、修道院に行くことになるかもしれないことをわかっているのだろうか？　それを本人が理解したうえでの勝負ならば、私が心配するのはお門違《かどちが》いというものだろうが……ゲームの大きな流れの力によるものだとしたら。

もしかして、私もアンジェに一騎打ちを挑むことになったりするのだろうか？

あまりに素早く動いていく事態に、私は言い知れぬ不安に押しつぶされそうになるのを堪えるので精いっぱいだった。


入学式とその後のティーパーティーも終わり、翌日からは通常の授業が開始された。

新入生である私たち一年生は、まずは校舎内の案内をしてもらっている最中だ。

「校舎の向かって右側が民間特別クラス、そして左側が貴族クラスの棟だ。昼食や軽食などは、あちらにカフェテリアがあるので、そこでとってもらうことになる」

指し示されたほうに目を向けると、中庭を包むように口の字型になった校舎の向かい側同士に民間特別クラスと貴族クラスの教室があった。そして残りの二辺には、カフェテリアや小教室などが並んでいる。

「中庭などは自由に使っていただいて構わない。ああ、小教室の使用は、事前に申請してくれたまえ」

先ほどから校舎の案内をしてくれているのは、蛍光グリーンが目に痛い、アルフレッド・グランシール侯爵である。

「ああ、アルフレッド先生はなんて凛々しくていらっしゃるのかしら」

「知っているか？　侯爵の髪の毛を持ち歩いていると、試験の成績があがるらしい」

「なんだそのジンクス……いや、でもあの珍しい色の髪の毛なら、それくらいのご利益《りやく》があっても不思議じゃないな」

不思議だよ！　意味がわかんないよ！

しかし一部の男子生徒たちが、目を皿のようにしてアルフレッド先生の抜け毛を探しだした。

……貴族の子息たちといえども、やはり高校生のがきんちょなんだなあ……そんな男子生徒の様子を、女子生徒たちは冷ややかな目線で……見てなかった。

「アルフレッド先生の抜け毛……個人的にとても欲しいですわ」

「ええ。ハンカチーフに忍ばせて、大切に持ち歩きたいですわね」

ついていけない……これが若さなのだろうか……

にこやかに説明を続ける先生の後を、貴族クラスの生徒たちはぞろぞろついていく。一部の生徒は抜け毛探しに忙しそうだが……。ちなみに、民間特別クラスの生徒はまずは教室で説明を受けているらしく、ここには貴族しかいない。

「そしてこの部屋は……」

「見つけたっ！」

「あいたあっ！」

急にゲオルグの声が聞こえたかと思えば、いきなり髪の毛を一本引きちぎられた。

「あれ？　エメラルドグリーンじゃないな」

「ゲーオールーグー!?　どう見ても茶色でしょうが！　第一、私に蛍光グリーンの毛が生えているわけないいじゃない！」

「コ、コゼットだったか……ごめんごめん。光が当たっててわかんなかったんだよ」

怒りのまなざしで、冷や汗をかくゲオルグをねめつける。

まったく……図体ばっかり大きくなって、頭の中身はちっとも成長してないんだから！

どうみても違うのに、眼科に行ったほうがいいんじゃないのかしら！

ぷりぷり怒っていた私は、ふと目をやった足元に、キラリと光るものを見つけた。

あら……？　そっと手に取るとそれは、エメラルドグリーンに光る、ひと筋の髪の毛だった。

「……宝物はみつかったかい？」

「ひっ！」

「フフ……せっかくみつけたんだ。大切にしてくれたまえ。だが、教師の話を聞かないのは感心しないな……子猫ちゃん」

いつの間にか超至近距離に迫った、アルフレッド先生の美貌もだが、むしろその台詞のほうが衝撃だった。

──子猫ちゃん──子猫ちゃん──こ、ね、こ、ちゃ、ん──

まさか現実に、あのような言葉を使う人がいたなんて。衝撃的すぎて、その後の説明はほとんど頭にはいってこなかった。これもゲーム補正か⁉　ゲーム、恐るべし。

ほとんど頭にはいらなかった校舎案内を終え、私たちは三階建ての校舎の一階にある、自分たちの教室へと向かった。

貴族クラスは、二十名のクラスがA、B、Cと三つあり、その中でもっとも正門から奥まったところにあるのが、私の所属するAクラスである。

Aクラスには王太子殿下とゲオルグ、そしてレミーエ様や信号機令嬢までが勢ぞろいしていて、とても華やかだ。頭の色を含めて。

このクラス分けはランダムであるとも、ランキングが関係しているとも言われているが、真相は定かではない。

見事にゲームの登場人物がひとクラスに集まったことを考えると、これもゲーム補正なのかもしれない。

教室に足を踏み入れると、とても学校とは思えないほど広く豪華な室内に思わず目を奪われた。

大理石の床は磨き抜かれてピカピカに輝き、大きくとられた窓からは、繊細なレースのカーテン越しに燦々《さんさん》と陽射しが差し込んでいる。

整然と並べられた白木の机は、前世での学習机とは似ても似つかないほど大きく、セットの椅子にはご丁寧にクッションまで置かれている。

……と見せかけて、防災頭巾……ではもちろんない。ダヨネー。

「まあ！　硬そうな椅子だこと！　クッションがあるだけマシだけれど」

クッションをつまみ上げながらレミーエ様が声をあげた。

その様子を見た周りの生徒たちは、公爵令嬢のわがままか……と眉を寄せたが……

「レオンハルト様の背中が痛くなったらどうしてくれるのかしら！　レオンハルト様、私のクッションをどうぞお使いください」

やっぱり。レミーエ様、優しいからね……

「ありがとう、レミーエ。私は大丈夫だから」

王太子殿下は苦笑しながらレミーエ様の頭をポンポンと撫でた。

慈愛に満ちた殿下の表情と、少し頬を染めたレミーエ様になんだかほっこりした……のに、何故か胸の奥がチクリと痛んだ気がして、私は首を傾げた。

教室での席はあらかじめ決められており、私の席は教室の後方で、殿下やレミーエ様、ゲオルグは前方の席だった。

そして私の隣の席をみると、ジュリア様が腰かけるところだった。

「ごきげんよう、ジュリア様。お隣ですわね。よろしくお願い致します」

「あら、コゼット様。奇遇ですわね。こちらこそよろしくお願い致します」

そう言うと、ジュリア様は快活に笑った。

確か、ジュリア様は信号機三人衆の中でも一番活発な方で、とても明るくハキハキしている。

確か、ダンスがお得意だとか。私はまだ舞踏会に参加したことがないので見ていないが、きっと新入生歓迎の舞踏会で見られるだろう。

前世ではおとぎ話の中の出来事だった舞踏会に出られるなんて！

楽しみだな。きっと、とても素敵なんだろうな。

「そ、そういえば、コゼット様。つかぬことをお聞き致しますが、レ……」

「レ？」

私が舞踏会に想いを馳せていると、ジュリア様が何故か急にモジモジしだした。しかし何かを言いかけたとき、それを遮るように教室の前にある扉がガチャリと開き、おしゃべりに興じていた生徒たちはサッとそちらに目を向けた。

「皆さん、ごきげんよう。私はこれから皆さんのクラスの担当になった、ブリタニアである。以後お見知り置きを」

教卓の前で軽く一礼し、そう名乗ったブリタニア先生は、年のころは老年に差し掛かるくらいの恰幅《かっぷく》のいい男性だった。

先生は身体を起こすと、一番前の席の王太子殿下の机の前にひざまずき、こうべを垂れた。

「王太子殿下、お久しゅうございます。しばらくお会いしなかったうちに、随分大きくなられましたな」

「ブリタニア伯爵……久しいな。息災《そくさい》そうでなによりだ」

顔を上げ、目を細めて殿下をみつめるブリタニア先生は、まるで孫の成長を喜ぶおじいちゃんのようだった。殿下もそう感じたのか、照れ臭そうにしている。

「……学校では私もひとりの生徒だ。そのように、ひざまずくのはやめてくれ。……スパルタン先生」

「はは、そうでございましたね。……『先生』ですか……殿下の家庭教師をしていたころを思い出しますな」

ほんわかした雰囲気を出している二人だったが、ブリタニア先生のその言葉を耳にした生徒たちはサッと顔色を変えた。

「スパルタン伯爵が担任の先生だなんて……絶望ですわ……」

隣の席から、ジュリア様がいつもとはまったく違う、弱々しい蚊《か》の鳴くような声を発した。

「ご存知ですの？」

私の言葉に、ジュリア様は唖然《あぜん》とした表情を浮かべた。

「殿下から、聞いていらっしゃらないんですの？　殿下の家庭教師、スパルタン・ブリタニア伯爵といえば、スパルタ教育で殿下にありとあらゆる知識を叩き込んだことで有名な人物じゃありませんか！」

「殿下は宮廷での生活のことをほとんどお話しにならなかったので……素晴らしい先生なんですのね」

思い返してみても、殿下とは竹馬やらたこの話やら……つまり、遊びの話しかしていないな。うん。

「素晴らしいなんてものじゃございませんわ！　とにかく厳しく、妥協を許さず、幼いころから抜群に優秀だと評判だった王太子殿下をさらなる高みへと押し上げたと言われています。そのおかげで殿下は、わずか十歳で五ヶ国語を操り、分厚い哲学書を暗唱するほどになったとか」

「五ヶ国語も⁉　え、それって、王太子殿下というお立場なら普通のことなんですの？」

「いいえ……当代国王陛下ですら、三ヶ国語、歴代の王太子殿下や王族の方でも、五ヶ国語を操れる方は数えるほどしかいらっしゃいません」

「まあ！　殿下って、とっても優秀な方なんですのね」

「当たり前じゃありませんか！　レイニード伯爵に鍛えられた武芸といい、文武両道、眉目秀麗《びもくしゅうれい》の典型のような方ですわ！」

ジュリア様の視線が、若干冷たくなっているような気がする。どうやら呆れかえっているようだ。

お茶会にもほとんど出ず、世間の噂から離れていた弊害《へいがい》がこんなところに……少しはそういうことに耳を傾けておくべきだったのかもしれない。しかしこういうのは気にしたら負けである。今聞けたんだから、イイジャナイ！　よし。

開き直ってニッコリ笑うと、ジュリア様の視線はツンドラ地方のブリザードもかくやというほど冷たくなっていった。

くっ！　凍えてしまいそうＤＡＺＥ！

「……そのご様子では、あなたが親しくされているゲオルグ様やレミアス様についても詳しくご存知ないのではなくて？」

「え？　どうなんでしょう……」

言われてみると、本人たちとは親しくしてもらっているものの、彼らの世間での評判となると、とんとわからない。ぶっちゃけ何がわからないのかもわからない状況である。

困って眉を下げる私を見たジュリア様は、はあーと大きくため息をつくと、激流のように喋り出した。

「ゲオルグ様が、騎士団団長のご子息であるのはご存知でしょうが、特筆すべきはその天性の運動能力です。あらゆる武器を自在に操り、どんな暴れ馬でも乗りこなすその武威《ぶい》は、もはや父上であるレイニード伯爵を超えたと言われておりますわ」

「あらまあ！」

「……その前に、レイニード騎士団長についてはご存知でしたかしら……？」

「もちろん！」

レイニード伯爵についてはもちろん知っている。

なんでって？　だって初恋の相手だから……キャッ！　言っちゃった！

「レイニード伯爵は、私たちが産まれる以前にあった他国との小競《こぜ》り合《あ》いで、自軍の三倍もいた敵兵相手に一騎当千の活躍をし、またその指揮能力も並外れていらっしゃるのですわ。騎士団主催で年に一回執り行われる武芸大会でも十年連続で優勝し、殿堂入りを果たしてらっしゃるし！」

この武芸大会は是非とも見に行きたいのだが、十五歳以下は入場禁止なので、私はまだ行けていないのだ。ガクリ。だが、十六歳になった今年は、絶対に観戦に行くと心に決めている。

「……どうして、レイニード伯爵についてはそれほどお詳しいのに……いいえ、もういいですわ」

ジュリア様の視線が……もう言うまい。誰か、毛布持ってきてー！

「ゲ、ゲオルグがそんなに強いとは、存じませんでしたわ。確かに運動できるなあとは思っていましたが」

「ゲオルグ様だけではありません。レミアス様は！　そう！　レミアス様は、麗しの美貌もさることながら、その知識の深さはあらゆる学者を唸らせ、語学の堪能さは王太子殿下をも超えると言われています。幼いころはお身体が弱かったのに今は随分お健やかに逞しくなられて、まさに将来の宰相閣下としてふさわしいと評判ですわ！　しかもあの慈愛に満ちた微笑み！　あの方の笑顔を初めて見たときの衝撃といったら言葉にはいい尽くせないほどで、天上の音楽のような美声といい、万が一あの方の子守唄なんて聴くことができたなら、私、そのまま天に召されてしまうのではないかと……」

「……ジュリア嬢」

「なんですの、今いいところなんですのよ。とにかく、あのお三方は全員が素晴らしく優秀であらせられるのですわ！」

「それはすまなかった。ありがとう、君の情熱は十分に伝わってきたよ、ジュリア嬢。だが私語は休憩中にして頂きたいのだが、宜しいかな？」

「ス……スパルタン、伯、爵……？」

「あわわ……」

私とジュリア様が恐る恐る顔を巡らせると、そこには額に青筋を浮かべたブリタニア先生がいらっしゃった。

「ジュリア嬢、コゼット嬢。ずいぶん楽しそうだったね」

「ええ、ハイ。あれ？　どうして私の名前を……？」

「私は貴族名鑑を暗記しているからね。貴族としては当然の嗜みだよ。ああ、もちろん、このクラスの皆さんも暗記しているに決まっていると思うがね」

その言葉に、ブリタニア先生をスパルタン伯爵だとわからなかった生徒たちが、サッと一斉に顔をそらした。

ブリタニア先生は、イイ笑顔で続ける。

「ああ、そうだ、ジュリア嬢にコゼット嬢、貴族名鑑をみせてさしあげよう。生徒指導室にご招待するよ。もちろん来てくれるね？」

「なんで⁉　い、いや、遠慮しま……」

「来てくれるね？」

「いえす、サー……」

どうしてこうなった。

うなだれる私とジュリア様を、王太子殿下とゲオルグ、そしてレミーエ様が気の毒そうに……そしてどこか恥ずかしそうにしながら遠巻きにしている。

「確かに自慢のお兄様ですけれど、こうも面と向かって褒められると……さすがに恥ずかしいですわ」

「俺たちなんて、本人がその場にいるのに……」

「ものすごく居心地が悪かったな」

何故か殿下たちまでダメージを食らっていた。

「皆さま、ごきげんよう。本日は、刺繍の授業を行います。お道具はお手元にありますかしら？」

教卓にいらっしゃるマリアンヌ夫人の言葉を受け、教室に集まった令嬢たちは、おのおの自分の手元にある裁縫道具を確認した。

もちろん私も、改めてテーブルの上に広げた愛用の裁縫箱を見て、中身を確認する。

十二歳のときに初めて刺繍を習ったときに、お母様から贈られた思い出の品だ。ピンク色のシルク地にレースの縁取りがされた裁縫箱には、お母様の手によって小鳥の刺繍が施されており、今の私には少し子供っぽいがとても気に入っている。ふたを開けた箱の中には、綺麗な彫刻の彫られたハサミや針がいつも通りきっちりと並んでいた。

貴族クラスの授業は、選択制である。そのため全ての授業が必修である民間特別クラスとは違い、貴族たちは自分が選択した科目以外は出席しなくてもいいことになっている。しかしこの刺繍の授業には、ほとんどの令嬢が集まっていた。

「私、マリアンヌ夫人の刺繍の授業を楽しみにしておりましたの」

「私も！　とても素敵ですものね！」

ひそひそと話す令嬢たちは、期待に瞳を輝かせながらマリアンヌ夫人をみつめていた。

それもそのはず……マリアンヌ夫人は、現王妃殿下の刺繍の先生でもある方で、彼女の刺した刺繍はとても緻密《ちみつ》で美しいと評判なのだ。

柔和な笑みを浮かべるマリアンヌ夫人は、ほんわかした雰囲気をもった優しそうなおばあちゃんで、まるでクレ○おばさ……やめよう。なんだかクリームシチューが食べたくなってくる。

気を取り直して教卓をみつめると、マリアンヌ夫人は四角い布地を両手に掲げていた。

「皆さまに本日作って頂くのは、『ぞうきん』です」

ズゴシャッ！

ハッ⁉ 思わず裁縫箱を落としそうになってしまった。

「あら、大丈夫ですか？」

「オホホ、なんでもございませんわ。失礼いたしました。オホホ……」

首を傾げて問いかけるジュリア様に向けて笑顔を浮かべ、慌てて取り繕ったが、私の小さな脳みそはフル回転の真っ最中である。

何故だ。何故、ぞうきんを……

私がぐるぐるしている間にも、マリアンヌ夫人は説明を続けていた。

「お若い皆さまはご存知かもしれませんが、この『ぞうきん』をいかに美しく刺繍するかというのが最近、貴婦人の間で大変流行しているそうですの。私の時代では『ぞうきん』は掃除の道具だったんですけれどねえ……時代は変わっていくのねえ～」

いやいやいや。今の時代でも『ぞうきん』は『ぞうきん』でしょ。

いったい『ぞうきん』に何があったというのか。

あまりの事態にもはや灰になりかけている私をよそに、周囲のご令嬢たちは口々に『ぞうきん』について話し出した。

「なんでも、コゼット様のご教授で、レミーエ様が素晴らしい『ぞうきん』をお作りになったのが最初だとか。きっと見事な『ぞうきん』なのでしょうね。さすがコゼット様！」

「私、『ぞうきん』の実物をみたのは最近ですの。お母様がお作りになっていて……」

「この間、レミーエ様のお屋敷に飾られている『ぞうきん』を拝見いたしましたわ！　本当に素晴らしくて！」

ああ、もう……なんということでしょう。

その後、授業が始まり、可愛らしいご令嬢がたはキャッキャと楽しそうに美しい『ぞうきん』を縫う中……私は意地になって一心不乱に武骨な『ぞうきん』を縫い続けたのであった。

ああ、『ぞうきん』よ。私は、私だけは、あなたの本来の役目を忘れたりしないわ！


しかしそんな私を横目でみるご令嬢がたの中に、あらたなムーブメントが生まれていた。

「……コゼット様は、刺繍にはご興味がなくていらっしゃるのかしら……？」

「いいえ！　これを見て？　コゼット様のお作りになった『ぞうきん』……飾り気のない、真っすぐな縫い目……まるで芯の強さをあらわしているようだわ！」

「言われてみれば……！　そう！　きっと、装飾を捨て去った中に、真の芸術があるということをあらわしているのね！」

あらわしてないです。私は普通の刺繍がしたいです……。

誤解が誤解を生むなか、ぽたりと落ちた雫《しずく》は涙だったのか、脂汗《あぶらあせ》だったのかは、『ぞうきん』だけが知っている……

どうしてこうなった！

一騎打ちイベント　VS　チュートリアル

「さあーーーやってまいりました、王太子殿下争奪！　夢の令嬢勝ち抜き戦！　本日は記念すべき第一回目の一騎打ち対決となります！　今回の対戦カードをご紹介しましょう！

赤のコーナー！　ピンクの髪が印象的！　民間特別クラスより、アンジェ嬢ーー！　対しまして青のコーナー！　ビン底メガネがキラリと光る！　王太子殿下ファンクラブ会長！　エカテリーナ・チュートリアル嬢ーーー！」

声が会場中に届くように設計された講堂内に、サンディ先輩の大声が響きわたり、観客で満員の場内は、大きな歓声に地鳴りのようにゆれた。

「えっ！　ちょっとまって！　名字チュートリアルなの⁉　さすがに適当過ぎない⁉」

「どうしました、解説のコゼットさん」

「いやだって、チュートリアル……」

一騎打ち戦の司会進行を担当している二年生のサンディ先輩は、キュッとメガネを直して大きく頷く。

「そうなんです、チュートリアル家は爵位こそ子爵ですが、アルトリア国内でも有数の歴史をもつ名門なんですね～」

「そうなの⁉」

「もちろんでございます。ところで今回、平民特別クラスからの出場者ということで、アンジェ嬢に注目が集まっていますね。コゼットさん、この勝負をどうみますか⁉」

「えっ！　えっと、そうですね……普段、ランキングで競われるのは容姿、家柄、成績が主だと記憶しておりますが、今回のような一騎打ちだと何がポイントになってくるのか、それによって勝負の行方が左右されるんじゃないでしょうか」

サンディ先輩が大きく何度も頷いた。

頭、とれないかな、大丈夫かしら。

「さすがコゼットさん！　入学当初から王太子殿下と親交があつく、孤高の貴公子レミアス様を虜《とりこ》にし、イノシシ男ゲオルグ様を配下におさめているダークホースなだけありますね！　実に鋭い観察眼です！」

「え⁉　なに、私そんな感じなの⁉」

誤解だ。殿下と親交があることは間違いないが、レミアスを虜にした覚えもゲオルグを配下におさめた覚えもない。

ゲオルグがイノシシ男なことは否定しないが。

「もちろんです！　それでは今回の一騎打ちで競われる項目についてご説明致します！」

「サラッと流された⁉　でも、うん、確かに項目は気になりますね」

「一騎打ち対決は、通常のランキングとは異なった項目で審査されます！　お二方にはこちらの用意した条件でのパフォーマンスを行っていただき、戦っていただくことになります！」

「そうなのね。すると、なにで競われるのかしら」

サンディ先輩は大きく息を吸ってさらに声を張り上げた。

「今回ご用意しましたのは、グラグラ！　ハイヒールでダンシング！　貴方と私でフォーリンラブ！　対決でございまーーーす！」

「なんてセンスのない名前なのかしら……とりあえずハイヒールでダンスするってことは薄ぼんやりわかったわ」

「その通りです！　ハイヒール対決ということで、ハイヒールの産みの親、シューズブランドのシグノーラさんの全面協力のもと行われます！」

「シグノーラが⁉　いつの間に……」

一騎打ち対決を見物しに講堂にやってきたら、いきなり司会の席にあげられたのは、それが原因だろうか。

せめて先に教えてほしかった……

「シグノーラさんにご提供いただいたハイヒールを履いて、投票権をお持ちの審査員の方々とダンスを踊っていただきます！　ハイヒールでいつもより不安定な足場でどれだけ優雅に美しく踊れるかが、この勝負のカギになって参ります！」

「そうですね、我が家が開発したハイヒールは滑り止め効果が優れているとはいえ、履き慣れていなければダンスを踊るのはなかなか難しいでしょう」

先輩は我が意を得たりというように、ウンウン頷く。

頷きっぱなしだなこの人。ほんとに首、大丈夫？

「出場者のお二人にはこの一週間、ハイヒールに慣れていただくため練習してもらいました。果たしてその成果やいかに！」

これは二人とも是非頑張っていただきたい。

優雅に踊って、我がシグノーラの販促を！

俄然《がぜん》やる気がわいてきた。


「それでは、審査員の方々のご紹介をさせていただきます」

サンディ先輩が指し示すほうを振り向くと、司会席とは反対側のステージ上に審査員席が一列に並んでおり、それぞれ既に座席についていた。

「まずは我が国の誇る美貌の王太子殿下！　優しくも美しい、乙女の憧れ、レオンハルト・アルトリア様ーーー！　せーの！　私も統治してほしい！　はい！」

「「「私も統治してほしい！」」」

なんて見事なコールアンドレスポンス！

一糸乱れぬガッツポーズつきだ。

いつ練習したんだ。それともこれこそがゲーム補正なのか。

座席から立ち上がった殿下は片手をあげて声援に応えると、顔を引きつらせながら軽く頷いた。

「お次は孤高の貴公子！　その魔性のごとき美貌で老若男女を問わず一瞬で虜にしてしまう！　レミアス・ドランジュ様ーーー！　せーの！　私は貴方の奴隷《どれい》です！　はい！」

「「「私は貴方の奴隷です！」」」

レミアスが困った顔をして頭をさげた。憂いを帯びたその表情に、悲鳴を上げて失神する令嬢が続出している。私たちが入学する前の一年間で、いったい彼に何があったのだろうか。

「次はこの方！　ゲオルグ・レイニード様！　座右《ざゆう》の銘《めい》は猪突猛進《ちょとつもうしん》！　思い込んだら一直線！　人の話は聞きません！　はい！」

「「「少しは話を聞いてくれ！」」」

「ちょっと待て！　なんか俺だけおかしくねーか⁉」

ゲオルグが音を立てて立ち上がるが、サンディ先輩はサラッと無視した。

「はい、最後はこの方！　我が学園の教師でもある若き侯爵！　こんな先生となら、補習授業も喜んで！　アルフレッド・グランシール先生ーー！　せーの！　貴方と二人で個人授業！　はい！」

「「「貴方と二人で個人授業！」」」

アルフレッド先生が無表情で会釈《えしゃく》をした。

まったく動じた様子がない。このノリは学園では当たり前なのだろうか。

なんだか思ってた学園と違う……こんなゲームだったっけ？　そもそも、貴族の生徒がメインの学園なのに、ノリがよすぎやしないか。私が頭を抱えていると、講堂内の明かりが薄暗くなり、入り口にパッとスポットライトが当てられた。

「お待たせしました！　……それでは、出場者の入場です！」

派手なファンファーレとともに、講堂の入り口からアンジェとエカテリーナが入場してきた。

アンジェは赤の、エカテリーナは青の色違いの同じドレスをそれぞれ身に纏《まと》っている。ダンスが映えるようにするデザインなのか、体にフィットした上半身とは違い、スカート部分はフリルがたっぷりとあしらわれており、二人が歩くたびにふわりふわりと揺れる。

そしてもちろん、二人の足元は、光沢のある素材の美しい、エレガントなハイヒールだ。

歩き方は……一応、様になっている。

以前から考えていたが、恐らくアンジェは私と同じく前世の記憶を持つ、転生者なのではないだろうか。

プロローグイベントでしか接していないが、ゲームという単語を発していたので間違いないと思う。

そのため前世での年齢にもよるが、ハイヒールにも慣れている可能性がある。

しかし、ダンスとなるとどうだろう。男爵家預かりだったため、教養として身につけているだろうが、生粋《きっすい》の令嬢であるエカテリーナには及ばないかもしれない。なんせ練習してきた年数が段違いなのだから。

対するエカテリーナは、ハイヒールへの慣れが不十分であると推測できる。

シグノーラがハイヒールを売り出してからもう五年ほどにはなるが、大人の女性用がメインで、十代前半の令嬢方にはまだあまり普及していない。ましてオートクチュールであるため値段も高く、成長期でサイズの変わる子供にハイヒールを買い与えるのは、かなり裕福な貴族だけだ。エカテリーナのチュートリアル家は名門ではあるらしいが、子爵家である。もちろん例外はあるが、公爵家や侯爵家のように裕福とはいかないだろう。だから彼女がハイヒールを履いたことがあるとしても、ダンスを自在に踊るほどには慣れていないと思う。

やがて、その表情が視認できるところまで二人が近づいてきた。

アンジェは不敵な表情、対するエカテリーナはやや緊張した表情をしているのが、二人の自信の度合いを表すようで印象的だ。

講堂中央に作られたダンスのできるスペースにたどり着くと、二人は優雅に一礼した。

「それでは、改めてご紹介させていただきます！　まずは赤のコーナー！　民間特別クラスより、アンジェ嬢！　ピンク色のふわふわわした甘いお菓子のような女の子！　その空色の瞳にみつめられたら、心の揺れない男性はいないでしょう！　可憐なあなたにフォーリンラブ！」

紹介を受けたアンジェは両手でスカートを持ち上げ、軽く腰を落として会釈する。

「「「……」」」

「うおーー！　アンジェたそーー！」

アンジェへの声援は、野太かった。

王太子殿下への、不敬とも取れるなれなれしい態度が仇《あだ》になったのか、女子生徒からの支持は得られなかったようだ。殿下は女子に人気あるからね……反面、その可憐な容姿からか、男子人気は上々だ。そろいのはっぴのような服に鉢巻をした、アイドルの追っかけのような男子生徒がいるのは気のせいだろうか。その一画だけとても日本臭がする。

「次に、青のコーナー！　ご存知、王太子殿下ファンクラブ会長、エカテリーナ・チュートリアル子爵令嬢！　その分厚いメガネに隠された素顔を知るものは誰もいない！　しかしメガネをはずせば美少女なのは、おとぎ話の定番だー！　今日の勝負は貴族として、格の違いを見せつけるのか⁉」

エカテリーナは、緊張した面持ちのまま、ギクシャクと会釈をする。

「「「エカテリーナ様！　頑張ってーー！」」」

女子たちの歓声が上がった。アンジェとは対照的に、女子の声が大きいな。

「それでは、両者には、審査員の方々と順番にダンスを踊っていただきます！　ミュージック、カマン！」

サンディ先輩の合図で、控えていた楽団がいっせいに曲を奏で出す。

一応生粋の令嬢である私にも馴染《なじ》み深い、初歩的なワルツだ。

ステップはそれほど難しくない。

観客席の中に円形に作られた空間で、アンジェと王太子殿下、エカテリーナとアルフレッド先生が向き合った。

そして、二組が一礼をし、ダンスが始まる。

最初は順調だった。

ステップが簡単なためか、アンジェもエカテリーナもスムーズに曲を終える。

パートナーがそれぞれレミアス、ゲオルグと入れ替わった二曲め、少しテンポが速くなるが、ステップは最初とあまり大差ない。

まだまだ二人とも余裕がありそうだ。

しかし三曲めになると、かなりステップが複雑になってきた。アンジェとエカテリーナのパートナーは入れ替わり、アンジェがゲオルグ、エカテリーナがレミアスと踊っている。

速くなる曲のテンポとともに、二人の足元がやや覚束《おぼつか》なくなってきた。

アンジェはステップのタイミングがずれることがあり、エカテリーナは足元が若干ふらついているように見える。

四曲め……これがラストだ。パートナーはアンジェがアルフレッド先生、エカテリーナが王太子殿下になった。パートナーである殿下とアルフレッド先生は、最終曲ともなり複雑で速度のあるステップを苦もなく優雅にこなし、完璧なリードをしており、観客席からも感嘆の声が漏れていた。

しかしアンジェとエカテリーナは……明らかにステップのミスとふらつきが増えている。リードが巧みなためまだなんとか踊れているが、かなり危ういギリギリの状態だ。本人たちも若干あせっているのだろうか、顔つきが強張りだした。


「あっ……！」


会場が息を呑む。

エカテリーナが、ついに大きくバランスを崩した。

殿下が素早く支えるが、これは……！

エカテリーナが、床に手をついた。しかし素早く立て直す。

足を挫《くじ》いていないか心配したが、ダンスに戻れているため大丈夫だったのだろう。

そして……震えるような余韻を残して、曲が終わった。

アンジェは踊りきった達成感からか、満面の笑みを浮かべている。

対してエカテリーナは……悔しげに顔を歪め、いまにも泣き出しそうな表情だった。


「これでダンス審査を終了します！　お二人とも、とても素晴らしかった！　皆さま、素晴らしいダンスを見せてくれたお二人に、拍手をお願いします！」

会場に詰め掛けた観客たちは、二人の健闘を讃え、満場の拍手をおくった。

私も頑張った二人にむけて、手が痛くなるほど一生懸命拍手した。


「それでは審査員の方々は投票をお願いします！」

再び席についた審査員たちが手元の紙にペンを走らせ、それを教師が回収していく。

「いやぁ、素晴らしい戦いでしたね、コゼットさん」

「ええ、ええ。本当に素晴らしいダンスでした。慣れないハイヒールでこんなに優雅にダンスができるとは、とても努力したのでしょうね。感動しましたわ……」

ハイヒールで足も痛かっただろうに、頑張ったのね、と涙が溢れてくる。

前世の娘のことが思い出されて涙が止まらない。

サンディ先輩が号泣《ごうきゅう》する私に慌てふためいていて申し訳ないのだけれど、とまらないのよ。

「コ、コゼットさん…………………なんて純粋な……」

「え？」

「あ、いや、なんでもありません。さ、さあ、審査結果がでたようです！」

ステージの中央に目を向けると、丁度先ほどの教師が歩みでて来るところだった。

「一票目、アンジェ嬢！　二票目、アンジェ嬢！　三票目、アンジェ嬢！　四票目、エカテリーナ嬢！　………よって、今回の一騎打ち勝負は、アンジェ嬢の勝利とします！」

おおー！　観客席から歓声があがる。

それとともに、サンディ先輩が殿下のもとへインタビューに走って行った。

「王太子殿下、この結果を受けての総評をお願い致します！」

「そうだな……今回の勝負は、純粋なダンスの力量ではエカテリーナ嬢のほうが数段上だった。しかし、ハイヒールへの慣れ、またダンスを楽しんでいるという点で、アンジェ嬢に軍配《ぐんばい》があがったのだろう。しかし両者とも、短い準備期間のなかで精一杯努力したのだろうことが、そのダンスを通じて感じられた。素晴らしかった！　おかげで楽しい時間を過ごせた。二人とも、ありがとう」

殿下の言葉に、アンジェは少し悔しさを滲ませながらも笑顔を向け、エカテリーナは涙を流し、メガネの下の目を真っ赤にして殿下をみつめている。


こうして、チュートリアル一回目、エカテリーナとの勝負はアンジェの勝利に終わった。

しかしこの勝負をみて、いくつか疑問に思ったことがある。

まず、チュートリアルAであるエカテリーナとの一騎打ちは、アンジェは楽勝で勝てるはずだ。にもかかわらず、結果は三対一での辛勝《しんしょう》。

そして、ゲームでは存在していないはずの、シグノーラおよびハイヒールが一騎打ち勝負に採用されていること。

この二点は明らかに、本来のゲームの流れと大きく違うのではないだろうか。

前世の知識をもつ私と……アンジェのせいで、ゲームの流れが変わってきているのかもしれない。

退場していく出場者二人を見送りつつ、そんなことを考えていると、おもむろにアンジェが振り返った。そしてぐるりとステージを見渡し……私に目を留めると、ギラリと光る目で睨み据えてきた。

「……っ」

その鋭い眼差しに、私は思わず息を呑んだ。

しかしアンジェは何を言うこともなく踵《きびす》を返すと、そのまま去っていった。

もしかしたらアンジェも、私が転生者だということに気付いているのかもしれない。ゲームとの違いに気付いていて、私が原因だと思ったとか？

一度話をしてみるべきかもしれない。……話し合えるかは疑問だけど、と思いつつ、私も会場を後にした。

出逢い　アンジェ視点

アルトリア学園への入学を、私は心待ちにしていた。

プロローグイベントで王太子レオンハルトと出会えたはいいものの、口うるさくて窮屈な男爵家に預けられて以来、レオンハルトが私のところに会いに来てくれることはなかったからだ。

ゲームの知識を活かして何度か王宮に会いに行ったが、何故か困惑した顔で連れ戻されてしまった。ゲームでは普通に迎え入れてくれたのに……ストーリー開始までに少しでも親密度を稼いでおきたかったんだけど、やっぱりゲームが始まるまではイベントは起きないみたいだった。

そのうち、いつの間にか王宮への迷宮は入り口が潰されてしまって、会いに行くこともできなくなった。これじゃあイベントができなくなっちゃう！　困ったけれど、今の私ではどうすることもできなかった。

まあ、同時期に男爵家の警備も厳重になったから、抜け出すことも難しくなっちゃったんだけど。

私が産まれたのは、王都でも貧しい家が立ち並ぶエリアだった。

産みの母親は私が誕生してしばらくして亡くなったそうだ。覚えていないので、正直あまり感慨はない。ただ、私と同じ特徴的なピンクの髪だったらしい。

珍しいピンク色の、ふわふわした髪は私の自慢だった。……でも、この髪は目立ち過ぎる。

私が育った貧民街では、人攫《さら》いも珍しくない。そのせいで、幼いころは何度も危ない目にあったと育ての母から聞いた。この目立ち過ぎる髪は格好の標的になるから、と言われて髪を平凡なブラウンに染めたのは、幼いながらもとっても悲しかったのを覚えている。

私を育ててくれたのは、母の乳兄弟だった人で、名前はナニィ。ナニィはちょっと太めだけれど、笑顔の優しい人だ。そしてナニィには私より二つ年上の娘のミニィがいて、私とは姉妹のように育った。

私にとってはナニィが母親であり、ミニィが姉だった。

前世の記憶を思い出したのは、十歳になる誕生日の当日だった。

私は前世で十三歳で死んだ……と思う。

自分が死んだときのことはよく覚えてないからわからない。

前世の私は、中学でできた友達に教えてもらって、初めて乙女ゲームというものを知って、物凄くハマったんだ。

特に王太子のレオンハルトが大好きで、レオンハルトのルートは何回もプレイした。好きすぎてレオンハルトのことを夢にみるくらいだった。

その大好きなゲームに転生できて……レオンハルトが実在してるなんて！

これはきっと、早死にした私を可哀想に思った神様が与えてくれた、プレゼントなんだと思ったの。

絶対にレオンハルトを攻略して、ゲットしてやる！

私はそう心に誓ったんだ。

だって、レオンハルトが大好きなんだもの！

ああ、早く会いたい！

十歳の私は、ゲームが始まる十六歳になるのを心待ちにするようになった。

そしてゲームの知識を思い出したことで、産みの母が前王の側室だったこと、自分は王家の落とし胤《だね》であることもわかった。

そんなある日、私は唐突に、プロローグイベントのことを思い出した。確か、あれは入学の六年前……十歳ごろだったはず。プロローグイベントに行けば、レオンハルトに会える！　それに気付いた私は歓喜した。けれど、あのプロローグイベントが、いつ、どこで行われるものなのかがまったくわからなかった。


それからはプロローグイベントのことが気になって、ほかのことがまったく手につかなくなっているものの、どうすることもできずに日々が過ぎた。万が一あのイベントが起こせなければ、ゲームを開始できないことだってあるかもしれないのに！

やきもきして過ごすうちに産みの母の命日になった。見ず知らずのキャラクターの命日なんて正直どうでも良かったんだけど、最近体を悪くしたのか臥《ふ》せりがちなナニィ母さんの頼みで、代わりに花を摘みに行くことになった。

どうせなら可愛くって素敵な花束を作りたい。そこでミニィに素敵な花畑がないか聞くと、いい場所があると教えてくれた。ミニィはどこかの貴族のお家に勤めに出ているのだが、その近くで見つけたんだそうだ。

なぜかミニィは、花畑にいく前に髪の色を戻しておくようにと言っていた。なんでだろう？　あんなに隠すように言っていたのに。でも、姉妹同然のミニィの言うことだから従った。

いままでミニィが言ったことで間違っていたことなんてないもの。

髪の色を戻すとナニィが無理して起きてきて、私の頭に不思議な香りのするキラキラした水をかけてくれた。産みの母が使っていた化粧品だって。花を摘みにいくだけなのに変なの。

教えてもらった花畑にいくと……なんとなく見覚えがあることに気付いた。

この場所とは違うけど、雰囲気があのプロローグイベントの花畑と酷似《こくじ》している。

そして、近くの木々の向こうから大勢がいるような声が聞こえた。

私は何故か、そちらに行かなければ、という衝動に突き動かされるように駆け出した。

木々の間から顔を出し覗いてみると、そこでは貴族たちのお茶会が行われていた。

ここはまさか……！

私はすぐにここがプロローグイベントの場所だと気付いた。そして会場に視線をめぐらせ、大勢いる貴族たちの中にレオンハルトの姿を探した。

……いた！

夢にまでみたレオンハルト！　遠目にしか見えないけれど、私にはすぐにわかったわ。

ゲームのまま、美しい銀髪に、いきいきと輝く宝石のようなエメラルドの瞳。

ううん、ゲームなんかよりずっと素敵！

私はひと目で、レオンハルトの虜になった。

でも……私の前には醜く太った令嬢がいる。

覚えているわ。ゲームで一騎打ちの練習をした、太ったキャラクターでしょ⁉

名前は出てこなかったけど、ゲームでみた丸いシルエットのまんまだわ！

自分の体型も考えずに、似合わないフリフリのドレスなんか着ておかしいったら！

それにあれは、私の邪魔をするライバルキャラのレミーエじゃない！

あの縦巻きロールもリアルに再現されてる。この世界にはヘアースプレーとかないのに、どうやってるのかしら⁉

実物をみると、ボリューム感ありすぎて尊敬するレベルだわ。髪を縛るのに縄とか使わないといけなさそう。

イベントの台詞の記憶はさすがに曖昧だったから、キーキーわめくレミーエを適当に相手していると、人波を掻《か》き分けてレオンハルトが迎えに来てくれた。

ああ、やっと会えた！　私の王子様！

近くでみたレオンハルトは、本当にうっとりするくらい美しかった。

レオンハルトに見惚れていて、その後のことはあんまり覚えていないけれど、私はこの世界の主人公。全てが私のために動いているから大丈夫だわ。

ああ、早く十六歳になりたい！

四天王では最弱？

会場だった講堂から出た私は、考え事をしながらどこへ向かうともなく歩いていた。

一騎打ち勝負は、ゲームの通りアンジェの勝利で終わった。

次は私の番なのだろうか？　なんせチュートリアルBだし……でもまさか、私から勝負を挑むわけがない！　それこそゲームの強制力でも働かない限りは、だが。

そう。私は気付いてしまったのだ。

勝負しなければ負けないということに……！

しかし最後のアンジェの目が気になる。

あんなに睨まれるようなことをしただろうか。そりゃあちょっと、ゲームとは違う流れになっているけれど……

同じ転生者同士、仲良くしてもいいような気がするのにな。

今度お茶にでも誘ってみようか。

講堂から出てテラスでボケーっとしていると、殿下たち三人がやってきた。

「ここにいたのか」

「ええ。少し休んでいましたの。皆さんもお疲れさまです。お茶でもいかがですか？」

私は竹で作った茶碗を取り出すと、持参していた水筒から麦茶をそそいだ。

これはピクニックに使うために準備したアイテムだ。まあ、竹なので切っただけだが。ピクニックに毎回ティーカップを持っていくのは割れそうで怖いのよね。こっちのほうが軽いから持ち運びに便利だし。

しかし、王太子殿下にそんな粗末な器で飲み物をお出しできません！　とメイドたちに拒否され、ずっと使うことができなかった。しかし学園にはメイドはいないので、私のやりたい放題である。

私が取り出した茶碗に、殿下とレミアスは目を丸くしている。

「これは……なんだ？　木か⁉」

「なんて鮮やかな緑色……！　こんな木ははじめてみました！　それに持ちやすくて軽い！」

「これは、『タケ』という植物ですわ。ティーカップは持ち歩きに不便ですからね。こっちのほうがいいでしょう？」

あー、麦茶が染み渡るわー。

やっと人心地ついた私は、一気に麦茶を飲み干したゲオルグに、おかわりを注いであげた。

その間も、王太子殿下とレミアスは、竹の茶碗と水筒をまじまじと観察している。そんなに興味を引くなんて、こっちが驚きだ。

「そういえば、コゼットの家のカレサーンスイにあったな」

「ああ！　いわれてみれば！　あの緑の……！」

アオダーケフミと竹馬の件のあと、お父様にお願いして探してもらったのだ。調べてみると、前世の『竹』によく似た植物があることがわかり、東方から来た商人を通じて取り寄せてもらった。

ちなみにこの世界の竹は成長がものすごく早くて、いまでは我が家の庭に竹林ができている。お陰でタケノコも掘り放題だ。

「竹は中で節にわかれているので、水筒にはもってこいなんですのよ。しかも軽くて丈夫！」

ゲオルグにまたおかわりを注いでやる。

「素晴らしい……！　王国軍の装備に取り入れたいくらいだ！」

「本当ですね！　個人的にも欲しいです」

「あ、俺も欲しいー」

「いいですよ～竹はいくらでも生えるので、逆に持って行ってほしいくらいです」

そう。竹がどんどん増えるせいで我が家の庭が竹林に侵食されつつあり、ボブじいが毎年タケノコ掘りで大変なのだ。

ボブじい自身はタケノコ掘りでタケノコホリデーとか喜んでるけど、今年の春は腰を痛めて本当にタケノコホリデーをとるはめになっていた。

「それで、一騎打ちの審査員はどうでした？」

「ああ……」

全員に竹の水筒を作る約束をしてから、気になっていたことを聞いてみる。

しかし何故か……殿下を筆頭にして、三人は疲れた顔でため息をついた。

「アンジェ嬢なんだがな、ダンスの間中ずっと顔を凝視されて…………怖かった」

「殿下のときは特にすごかったよな。俺も最初は毛穴まで見られてんじゃないかと思ったけど、しばらくしたら普通になったよ」

「私も顔に穴が開くかと思いました」

アンジェはダンスの間中ずっと、殿下を凝視していたのか。

それは疲れるだろうなぁ……

鼻毛でも出てたとか？　殿下の鼻毛とか想像つかないけど。

もし出てたら侍女とかが処理してくれるんだろうか。

思わず殿下の鼻の穴をじっと凝視した。

ふむ。出てないな。

「コ、コゼット、どうかしたか？　そんな近くでみつめないでくれ」

「あら、失礼いたしました。安心してください！　鼻毛は出てませんよ！」

「ありがとう……」

何故か殿下がガックリと肩を落とした。

「コゼット、女が鼻毛とかいうのはよくないと思う」

ゲオルグに突っ込まれてしまった。

そうか。確かに令嬢は鼻毛とかいわないよね。

「……お鼻の……毛⁉」

「……うーん」

ゲオルグと一緒に考えてみたが、いい言い方は思いつかなかった。

アンジェとエカテリーナの一騎打ちの後、意外なほど平穏に時は過ぎた。

私からはもちろん勝負を申し込んでいないし、アンジェからも挑まれることはなかった。

アンジェは相変わらず殿下にまとわりついているようで、私たちがお茶をしているときなどによく出没した。しかしそのときのアンジェは殿下しかみていない。まぁ、そのとき以外も殿下しかみていないが。

時々目があうと睨みつけられるし、ほとんど会話もできていない。

まあ、会話ができないのは他にも理由があるのだが。

今日も四人で中庭にきて花見をしていると、アンジェがやってきた。ちなみに特に示し合わせて四人で集まっているわけではなく、おやつ片手に花見やら散歩やらをしていると、お腹をすかせたゲオルグから順番に、自然と集合するのである。

まあ、育ち盛りだから仕方ない。

「レオンハルト様！　ごきげんよう！　しばらくお顔をみられなくって寂しかったです！」

「いや、昨日も会ったじゃん」

ゲオルグが突っ込むが、総スルー。まるで空気のように自然に無視できるスキルは、ある意味熟練の域に達していると思う。

ちなみに殿下はずっと苦笑いだ。

アンジェほどの情熱ならば、毎休み時間に殿下の元に駆けつけてきそうなものだと思ったのだが、朝から放課後までの授業時間には、平民特別クラスの生徒は貴族クラスに立ち入ることができないそうだ。そのためアンジェは放課後になると毎回、殿下のところに突撃してくる。

私はお団子を食べながらお茶をすすった。前世の桜に似たピンク色の花が春風に揺れている様子がとても綺麗だ。暖かくて心地いい気温で、なんともお花見日和である。

「アンジェ様、お団子召し上がりませんか？」

「レオンハルト様、綺麗なお花ですね。春は素晴らしい季節だわ！　だってお花に囲まれたレオンハルト様は、とっても素敵だもの！」

「アンジェ様、今日は趣向を変えて、三色団子を四色団子に増やしてみましたの。この黄色いのは、タケノコ風味ですの」

大量のタケノコを少しでも消費するための、苦肉の策である。

「レオンハルト様は、お散歩はお好きですか？　ピクニックとか！」

「タケノコ自体にあまり味がないためか、ただの黄色い塩団子になってしまいましたの」

非常に遺憾《いかん》である。アクを抜きすぎたのが敗因だろうか。

「コゼット。団子俺が食べる」

「私も頂きます」

何を隠そう、アンジェには常にシカトされている。しかし前世では、テレビ相手に会話していた私だ。そんなことでめげるはずもない。

しかし団子に味はないが罪もない。ゲオルグとレミアスが可哀想なお団子をもらってくれた。

食べ物を粗末にするのはよくないわよ！

毎日来るのでアンジェの分も作って来ているのだが、私の持参するお菓子の大半はゲオルグたちの胃袋に消えていた。

さすが成長期。こんなにお菓子を食べて太らないのが羨ましい。

「ゲオルグ、私はそろそろ限界です……うぷ」

「俺はあとちょっとならいける……うう……なんでいつもこんなに多いんだ……」

考え事をしていると、ゲオルグとレミアスのお茶が空になっていたのでおかわりを注いだ。

そこに、最早聞き慣れた声が響く。

「オーッホッホッ！　ごきげんよう！　王太子殿下！　そして皆様！」

「「オーッホッホッ！　ごきげんよう！」」

「レミーエ様。ごきげんよう～お団子食べます？」

「結構よ！　お気持ちだけいただくわ。ダイエット中なの！」

レミーエ様とともに信号機三人衆が頷く。

みんな、十分スラッとしているのになあ。

マリエッタ様だけは、団子に視線が集中している気がするけど。思えば彼女もすっかりぽっちゃりから脱却された。

実はマリエッタ様はシグノーラのダイエット部門のお得意様の一人で、すっかり痩せられた今も常時ダイエット中である。

ダイエットとはまさに、終わりの見えない永遠の戦いなのだ……

いまは毎日タケノコを食べていらっしゃるときく。

今度タケノコの美味しいレシピを教えてあげよう。

「アンジェさん、そこには私が座るので、どいていただけますこと⁉」

レミーエ様がいつもの台詞を口にした。

アンジェが座っている席は、もちろん殿下の隣だ。隣どころか殿下にぴったりくっつく勢いだが。

レミーエ様の言葉に、アンジェは振り向きもせずに答えた。

「お断りします。殿下の隣は私だって、前世からきまっているんです！　第一、招かれてもいないのに、毎日来ないで頂けますか⁉」

いや、誰も招いていないが。そもそもなんとなく集まっているだけなので、誰一人主催者などもいない。

しかし、いつもはアンジェもここまできついことは言わないのに、どうしたのだろう。

空気がピリピリと張り詰める。

レミーエ様がテーブルクロスをぎゅっと握りしめた。

私は咄嗟《とっさ》に、テーブルの上のお茶を手に取った。

ゲオルグはお茶とお団子の載ったお皿を持ち上げ、レミアスは急須とお茶、殿下も自身のお皿とお茶を持つ。

「なんですって⁉」

レミーエ様の眉がキリキリと跳ね上がり、テーブルをひっくり返した。

「このアタクシにむかって、なんていいぐさなの⁉　何様のつもり！」

「貴族だからって、貴女こそ何様のつもりなの⁉」

ガタリと椅子を蹴って立ち上がったアンジェと、レミーエ様が真っ向から睨み合った。しばらくお互いにギリギリとにらみ合いをした後、おもむろにレミーエ様が、手にはめていた手袋を抜き取って、アンジェに思いっきり投げつけた。


えええ⁉　これって、アニメとか少女漫画で見たことのある、あの有名なシーンだよね？

まさか、決闘⁉

私は息をのみつつ、取り敢えずテーブルを立て直した。

危ないのでゲオルグと協力して、テーブルをアンジェたちから少し遠くに移動する。

そして改めてお茶をすすり直してお団子を食べた。

「平民風情《ふぜい》が生意気な！　勝負なさい！」

「……受けて立ちましょう！」

アンジェをびしりと指さし、腰に手を当てて告げるレミーエ様！

不敵に笑いつつ、迷いなく勝負を受けるアンジェ……！

緊迫した雰囲気に、私は持っていたお団子の串を握りしめた！

そのとき、レミーエ様を遮るように、一人の人物がすっと前に出る。

「レミーエ様が出るまでもないですわ。貴女ごとき、この黄色のマリエッタで十分です！」

「……ふん、取り巻きごときが、私に勝てると思っているのかしら？」

「なんて言い草かしら。ここが学園じゃなかったら、不敬罪で処罰してるところですわ！」

レミーエ様に代わり、マリエッタ様とアンジェが火花を散らして睨み合った。

え⁉　ええー⁉　なにこの熱い少年漫画的展開⁉

「あれ⁉　レミーエ様が勝負するんじゃないのかしら⁉　もぐもぐ」

「だなー。なんかよくわかんないけどあの黄色い子が勝負するみたいだな。もぐもぐズズー」

「四天王的な感じでしょうか。もぐもぐ」

「うーむ、なんだかワクワクするな。ズズー」

本来マリエッタ様の一騎打ちはもっと後におこるはずだ。私が勝負を挑んでいない影響だろうか？　四天王では最弱！　とか言わないといけないのは、私な気がする。

その台詞自体に憧れはあるのだが……なんか、かっこいいし。娘の観ていたアニメを後ろから眺めていただけだけど、かっこいい台詞なのよね？


しかし、一騎打ちに負けたら修道院行きという道筋を変えられないものだろうか。

それさえなかったら一騎打ちしてもいいんだけど。


シシィは、結婚できなかった場合はこの国に居場所がないと言っていた。

結婚せずに実家に居座り続けると居場所がなくなるのは日本でも大なり小なりあったことだ。例えば三十過ぎて実家にいて、兄弟のお嫁さんが一緒に住み始めたりした日には、居心地が悪くてしょうがないだろう。

だが日本では国外に出るほどのことはなかった。

それはきっと、女性が仕事をもって働いていたりして、家以外にも居場所があったからだと思う。

結婚しなくても生きていける、みたいに。

この世界の貴族の女性は、外に出て働くということはほとんどない。

貴族の女性は嫁いでその家の中を取り仕切るのが常だからだ。言ってみれば、それが女性の仕事である。


そこで、うーんと考える。

つまり、貴族の女性が働けるような場所があればいいのではないか。

居場所がないならば作ればいい。


うん！　決めた！

結婚なんて不確かなものに左右されるのは、女として悔しいしね！

私に新たな目標ができた。


考えに沈んでいると、真横から大声があがって思わず椅子から落ちそうになった。

「聞かせてもらいましたー‼　ここに、第二回！　一騎打ち対決の開催を宣言します！　アンジェ嬢対マリエッタ嬢！　この対決、面白いものになりそうだーーー‼　対決内容の詳細は後日発表致します！」

サンディ先輩だった。耳がキーンとしている。

「サンディ先輩、あの、耳元で叫ばないでくだ……」

「さあ、解説のコゼットさん！　この対決をどうみます⁉」

「え⁉　私また解説なの⁉」

「はっはっはっ！　当たり前じゃないですか！」

よくわからない内にアンジェとマリエッタ様の一騎打ちが決まり、何故か私の解説就任も決まった。


「実力試験？」

学園に登校した私は、生徒たちの間でささやかれるその言葉に耳ざとく反応した。

しかし声の主を探そうと周りを見渡してみても、何故か周囲の生徒たちは私から一定の距離を保つように空間をあけていて、誰がその言葉を発したのか、判別がつかない。

……もしかして、私、嫌われてる……？

目をそらしてきた悲しい予想に、若干涙目である。

実は、入学してから二週間ほど経過したのに、王太子殿下やレミーエ様をはじめとするいつものメンバー以外とはほとんど喋っていないのだ。

もちろん話しかけようとはした。したのだが、会話途中に私が王太子殿下に話しかけられ、その間にどこかへ行ってしまったり、お腹を空かせたゲオルグがお菓子をねだりに来たり、上級生のレミアスが教室に遊びに来てちょっとした騒ぎになったりして、何故かいつも会話が中断させられてしまうのである。

そうこうしているうちに、令嬢たちの中にはあっという間にグループが形成されてしまった。幼馴染でもあるレミーエ様たちとも、なんだか最近距離を感じるし……

はあ〜と深くため息をついていると、教室の前方にある扉が開かれ、ブリタニア先生がはいってきた。それとともに、思い思いに談笑していた生徒たちが自分の席に着く。

「諸君、ごきげんよう。本日は、実力試験を行う。抜き打ちだが……毎年このくらいの時期に行っているので諸君も予想はしていただろうが……」

ナナナ、ナンダッテー！

内心の驚きを押し隠しながら周囲を窺うと、先生の言う通り了解済みだったのか、王太子殿下を含めたクラスメイトたちには動揺のそぶりもない。

ゲオルグは……あ、大口あけて固まってる。顎が落ちそうなその様子を見て、私はあわてて自分の口も閉じた。

「それでは試験を開始するので、筆記用具以外はしまうように。それからゲオルグ君、はやく起きなさい」

先生がゲオルグの肩をぽんと叩いたのを合図に、抜き打ち（私とゲオルグのみ）の実力試験が開始されたのであった。

実力試験は、歴史や国語、算術や教養などの筆記試験と、昼休憩を兼ねた軽食会でのマナー試験を経て、最後にダンスの試験が行われた。抜き打ちテストであるためか、全体的に軽い内容ではあるものの、全ての課題を終えた後は夕方になっていた。

「つ、疲れたあ……」

「くたくただな……」

カフェテリアの休憩スペースの椅子に腰かけた私とゲオルグは、おでこをテーブルにくっつけるようにして項垂《うなだ》れていた。

「大丈夫か？　二人とも。まさか実力テストがあることを知らなかったとは……さぞ驚いたろう」

「まさか二人が知らないとは思いませんでした。すみません」

そんな私たちを眺めて、困ったように眉を下げる殿下とレミアス。本当に驚いたよ……いつゲオルグが再起動するのか心配で、気が気じゃなかったし。

レミアスが差し出してくれた温かい紅茶が、疲れた体に染み渡るよ。

「はあ～、ありがとうございます。さっきの軽食は、緊張で味がしなかったし、のどが渇いてしまって……」

「だな～！　美味しかったのに、おかわりもできなかったしな」

マナーを気にするあまり、味なんて全然覚えてない。味わう余裕があったなんてゲオルグは流石だなあ。

「……ゲオルグは食べすぎだ。マナーの教師の眉がどんどん吊り上がっていっていて恐ろしかった」

「えええええ⁉　気づかなかった……あの女史、怖いんだよなあ……」

殿下の言葉に、ゲオルグはガクーンと肩を落とした。マナー講師のスパルタン女史はブリタニア伯爵の奥方なのだが、旦那様と同様に大変スパルタなのである。

そんな、あからさまに落ち込んだゲオルグをみて、私はあわてて話題をそらした。

「そういえば、ダンスの試験でのジュリア様は、流石でしたわね！　とってもお美しかったです！」

「そうなんですか？　ジュリア嬢がそんなにダンスが達者だとは知りませんでした」

「ええ！　優雅なのにキレがあって、私もあんな風に踊れたらいいのに！」

「コゼット、それなら私がダンスを教え……」

「それに、マリエッタ様のマナーは完璧でしたし、エミリア様もとても……」

「そ、それならマナーの練習ついでに私と二人っきりでお茶会を……」

「そしてなんといってもレミーエ様！　全てにおいて完璧で華麗で……」

「コゼット……（涙）」

「……で、殿下、お気を落とさず……」

紅茶が冷めるのも気付かずに夢中で語ってしまったが、気が付いたら何故か王太子殿下がレミアスに慰められていた。あれー？

一騎打ちイベント VS マリエッタ

「さあーーーーあ！　やって参りました！　今年度第二回目の一騎打ち対決！　晴天にも恵まれ、一騎打ち日和だと思いませんか、コゼットさん！」

「そ、そうですわね……天気がいいことは何よりですわ。雨だと足が滑って危ないですし。それより、今回の対決……」

「その通りです！　さて！　今回アンジェ嬢とマリエッタ嬢に行っていただく競技を発表致します！」

サンディ先輩の大声が、澄み切った青空に響き渡る。

「春爛漫《らんまん》！　どっちがたくさん掘れるのか⁉　仲良くわいわいタケノコ掘り対決ーーーーー‼」

「「「わあーーーー‼」」」

我が家の竹林に集まった生徒たちから、大歓声があがる。

「いや、おかしいでしょ！　令嬢の対決がタケノコ掘りはおかしいでしょ‼」

「そんなことはございません！　聞けば王太子殿下の最近のご趣味もタケノコ掘りだというではありませんか！　しかも審査員の御令息がたも、タケノコ掘りには精通されているご様子！」

「そ、それは、まあ……」

その、審査員の御令息がたは、私のタケノコ掘りを手伝ってくれているだけだ。

本来、王太子殿下にタケノコを掘らせるなど不敬に値するのかもしれないが、そこは友達同士のよしみだよ！　という殿下の言葉に甘えてしまっている。

私はなんとなく後ろめたい気持ちで目をそらした。

「しかし、ただタケノコの数を競うだけの競技ではありません！　掘ったタケノコは譲渡可能とします！　そしてタケノコ掘りには、ここにいらっしゃる審査員の方々および生徒の皆さま全員に参加していただきます！」

「えええ⁉」

会場からもざわめきがもれる。


そういうことか。

つまりこれはタケノコ掘りにかこつけた人心掌握力対決ってことね。

それにしても、タケノコ掘りじゃないといけなかったのか。

なにもこんな泥くさいことじゃなくても……

他になんかなかったのか。

いつもタケノコを掘っている私は泥くさいのは慣れているけど、他の貴族の方々はそうではないだろうに……気の毒に。

「それでは詳しいルールをご説明致します！」

サンディ先輩がタケノコ掘りのルールを説明し始めた。

それによると、タケノコを掘るのは学園の生徒と、審査員である令息及びアルフレッド先生などの、参加者本人のみ。

生徒一人につき学園側から一人の従者兼護衛が付けられるが、従者にタケノコを掘らせるのは厳禁。持たせるのは可。

タケノコを盗んだり奪ったりした場合、失格およびタケノコ没収。

また、掘ったタケノコは誰に譲っても構わない。

また、ポイントになるタケノコは長さ二十センチ以上のもののみで、掘り出すときに誤って傷つけてしまう以外にタケノコを傷つける行為は禁止。

などなど。意外に細かくルールが決められていて驚いたが、つまり不正はダメよ、食べ物は大事にしましょうってことね。

掘り出されたタケノコは、学園が一括で買い取ってくれるらしい。

我が家の竹林の増殖が抑えられる……ありがたやー。

サンディ先輩の説明が終わると、生徒たちにそれぞれ灰色のつなぎ型の作業着が配られ、従者と引き合わされていた。参加者は、我が家が用意した更衣室で着替えをして、開始時間に再集合するそうだ。しかし毎回毎回、我が家が関わっているのは何故なのだろうか。サンディ先輩にそこら辺を聞いてみると、時代の最先端だから、という答えが返ってきたが、時代の最先端がタケノコって……なんだかなあ。

私も自前のピンクの作業着に着替えてきた。ボブじいにもらった大切な品だからね。

「それでは、対戦者のご紹介を致します！」

サンディ先輩の声に合わせて、二人の令嬢が前に進み出た。

「まずは前回の対決でもお馴染み！　赤い作業着のアンジェ嬢ーー!!」

アンジェは遠目にも色鮮やかな赤い作業着を着ている。ピンク頭と相まって、なんだかとんでもない存在感である。

アンジェはにこやかに手を振りながら、ぺこりと軽く頭を下げた。しかし、前回の一騎打ちのときとは違ってあまり声援はおこらず、まばらな拍手だけがそれにこたえた。

あれ？　親衛隊みたいなのはどうしたのかしら。

そうして首を傾げている間にも、サンディ先輩の紹介は続く。

「お次は、ひとよんで黄色のマリエッタ！　黄色い作業着のマリエッタ嬢ーー!!」

マリエッタ様は、物凄く黄色い作業着だ。頭も黄色いから目がチカチカする。全体的にバナナっぽい。

優雅にお辞儀をしてみせたが、普段スカートをつまむその手は作業着の裾をつかんでいた。そのバナナっぽい……じゃない、可愛らしい様子に、周囲から拍手が沸き起こる。

「マリエッタ様、頑張ってー！」

「マリエッタ！　応援しているわ！」

主に女子からの拍手が多いようで、レミーエ様からの激励も飛んでいる。

「もちろん審査員の皆様方にもタケノコ掘りにご参加いただきます！　まずはご存知、我らが王太子殿下！　美しい銀髪に映える、輝く銀色の作業着だーー！」

　まぶしっ！　日の光を反射してキラキラと輝く銀の作業着に身を包んだ殿下が、優雅に手を振った。その表情は……達観している。

　うん、なにかを諦めた人の目だな、あれは。

「そして魅惑のレミアス様！　イメージカラーはクールなブルー!!」

　レミアスは、落ち着いた色の青い作業着に身を包んでいた。どことなくほっとしているように見える。まあ、殿下みたいに派手な色の作業着は嫌だよね……

「ゲオルグ様は、情熱の赤だーー！　アンジェ嬢とかぶるので、若干光っております！」

「目が！　目があああああ！」

　まぶしいいいい！　ゲオルグの着こんだ作業着に縫い込まれた無数のラメが、私たちの目を容赦なく射ぬく。作業着というより、すでにステージ衣装である。何故かその袖《そで》の下にはひらひらとすだれのようなものが垂れていて、タケノコを掘りづらそうだが大丈夫なのだろうか。

「だから！　なんか俺だけ扱いおかしくねーか!?」

　ゲオルグがすだれを掴みながら叫んでいるが、サンディ先輩はにこやかにスルーした。

「最後に、アルフレッド先生だあーー!!　もちろん作業着はトレードマークのグリーンです！」

　人目を引く頭の色と同じ、蛍光グリーンのつなぎを着こんだ先生は、ふっと髪を払って気障《きざ》な仕草でポーズを決めた。カッコいい……のか？　目に痛すぎて直視できない。夜なら光って便利そうだけどね……

「さて！　皆さま準備はよろしいですね⁉　それでは、タケノコ掘り、スターーートーーーーーーーーー！」

「「「おおおおおお！」」」

盛大なファンファーレとともに、タケノコ掘り対決が幕を開けた。


どうしてこうなった。


作業着を着た生徒たちが竹林に殺到……しない。

優雅に歩いて竹林に向かっていく。

民間特別クラスの平民の方たちには小走りの者もいるが、貴族の皆様はゆっくりと談笑しながら移動している。

私はその人混みの中をかき分け、歴戦の勇者のように堂々と竹林にはいった。使い慣れた愛クワを担《かつ》いで……

殿下とレミアスも、慣れた様子で竹林を足で探っている。

タケノコは地中に埋まっているから、足先でゴソゴソ引っかかりを探してタケノコを発見するのだ。

ゲオルグはスタートの合図とともに竹林に猛ダッシュしたかと思うと、鬼神《きじん》もかくやという勢いでクワを振るっている。

タケノコを掘り出しつつ、周囲でタケノコのありそうな位置の目星をつけ、足でも周りを探っているという神業《かみわざ》だ。

今のゲオルグはタケノコ掘りマシーンと化した。

もはやゲオルグを止められる者など誰もいない……！

しかもめっちゃ笑いながら。

「はーっはっはっはっ！　この俺から隠れおおせると思うなよ！　タケノコどもめ！　はーっはっはっはっ！」

怖い。

最近のゲオルグには、イノシシの霊でも憑《つ》いているんじゃないだろうか。

ゲオルグのことを意識の外に追い出し、私も竹の根が続いていそうな場所に目星をつけて、タケノコ掘りを続けることにした。

「ほいさ、ほいさ、ほいさっさー」

うん、今日も絶好調だ。

そして、あの人も絶好調だ。

「オーッホッホッホッ！　ホッホッ！　ホッホッ！」

レミーエ様が掛け声をかけながらタケノコを掘り出す。

しかし慣れていないためか、タケノコを傷付けそうになったりして、なかなかタケノコが出てこない。他の令嬢も同じ感じだ。

タケノコ掘りは体力もいるしなかなか難しいからね。

竹の根が邪魔してクワが入らなかったりするし。

見かねた私は、レミーエ様の近くにいって指導を開始した。

本当は、一騎打ち対決ではどちらの令嬢も応援しないことに決めているんだけれど、あんまりにも覚束ない手つきで、ケガをしそうなので見ていられなかったのだ。

「レミーエ様、タケノコはこちら側に曲がっている感じなので、反対側から掘り進めてください。それで、ここまで掘ったらですね……」

ある程度まで掘り進めると、クワを振るってタケノコを根元から折る。

「素晴らしいわ！　こうやってこうね！」

「そうそう、そうです」

レミーエ様は運動神経がいいのか、あっという間にコツをつかんだ。

周りの信号機令嬢たちも真似して頑張っている。

マリエッタ嬢は……うむ。ダイエットで運動を続けていたためか、かなりクワ筋がいい。

少し修正するだけでタケノコ掘りのペースが劇的にアップする。

「コゼット、ありがとう。このタケノコは差し上げるわ」

「いえいえ、これはレミーエ様がどうぞ。慣れていないと、タケノコを見つけるのも大変ですから」

「コゼット……」

レミーエ様の目がウルウルしている。

そんなに感動するほどのことでもないのに……可愛いなあこの人。

誰が王妃になるのが一番いいのか、判断のつかない私には、レミーエ様だけを応援することはできない。レミーエ様の取り巻きをしていた私だし、応援してあげたいのはやまやまなんだけれど……そう決めているのだ。私は、罪悪感に痛みを訴える自分の胸にそっとふたをして、周りを見回した。


アンジェは……

王太子殿下が指導している。

「キャッ！　クワって重いんですね！　もてなぁい」

「しかしクワを振るわねばタケノコは取れまい。頑張るのだ」

「でもぉーでもぉー私、か弱いからー」

うん。なんかイラッとした。しかし、意外にもクワ筋はそんなに悪くない。タケノコ掘りの経験があるのだろうか。

まあ、あれくらいできるのなら、殿下がなんとかしてくれるはずだ。


そして私も、タケノコ掘りに集中することにした。

私が無心にクワを振るっていると、後ろから声を掛けられた。

「コゼットさん、いいクワ筋ですね。かなり慣れていらっしゃる」

当たり前だ。こちとらタケノコの生え始めから毎日クワを振るっているのだ。

そんじょそこらの素人《しろうと》と同じにしないで頂きたい。

「おほほ、お褒めに預かり光栄ですわ」

タケノコ掘りとしてのプライドをくすぐられ、鼻高々で自信満々に振り向くと、アルフレッド先生がいた。

アルフレッド先生は肩に大量のタケノコを担いでいる。

そして後ろの従者も、タケノコを山ほど抱えていた。


こいつ……できる！


意外なほど鋭いアルフレッド先生の視線と、私の視線が交錯《こうさく》する！

「あ……アルフレッド先生こそ、そんなに大量のタケノコを……慣れていらっしゃるんですのね」

「いやぁ、初めてですよ。コツを掴んだら簡単でしたがね」

アルフレッド先生が、馬鹿にしたようにフンと鼻でわらった。

むっかぁぁぁあ！　私の闘志に、一気に火がついた。

「そうでございましたか……ですが、所詮《しょせん》は素人。あまりタケノコ掘りを見くびると、痛い目にあいましてよ。……シシィ！」

「はっ！」

竹の後ろに控えていたシシィが姿をあらわす。

シシィは最早抱えきれないほどのタケノコを台車にのせている。

私は見せつけるようにタケノコの前で手を大きく動かし、腰と口元にそえた。

そして大きく息を吸う。

「オーッホッホッホッ！　その程度の収穫で何を偉そうにしていらっしゃるのかしら！　この私に勝てると思いまして⁉　甘い！　甘すぎるわ！　まるでタケノコの甘露煮《かんろに》のようでしてよ！オーッホッホッホッ！」

私の渾身の高笑いが決まった。

アルフレッド先生は悔しそうに私を睨み付けた後、両手を大げさに上げると不敵に笑った。

「フッ……貴女こそ、私を舐めないで頂きたい。多少慣れていようと所詮はか弱いご令嬢。軍にも在籍していた私が本気を出せば、痛い目にあうのは貴女のほうですよ」

アルフレッド先生の台詞をうけて、私もギロリと先生をねめつけた。

私の総合計人生の半分にも満たない小わっぱめ！　生意気な！

「いいでしょう。受けて立ちますわ！　かかってらっしゃい！」

「フッ！　後で吠《ほ》え面《づら》をかいてもしりませんよ！」

私とアルフレッド先生はザッと反対側をむくと、タケノコを目指して走り出し……て足を止めた。

ガサガサガサガサ
タケノコは足元にあるのだ。走っても仕方ない。

ガサガサガサガサ……

「ふおおおおおお！」

「たあっ！　たあっ！　たあっ！」

「はーっはっはっはっ！　はっはっはっ！」

竹林に掛け声が木霊《こだま》する。

タケノコ掘りに集中し過ぎて、周りの音などは何も聞こえない。五感が研ぎ澄まされ、タケノコの気配すら掴めるほどに……！　はならなかったが、気が付けば台車には大量のタケノコが山積みになっていた。

フッ……私に掘れないタケノコなどない！

しかし周りに人の気配がない。タケノコを追いかけて随分遠くまできてしまったようだ。

遠くでトランペットの音が聞こえる。

集合の合図だ。

私はシシィを連れて急いで集合場所に戻った。


集合場所にはすでにほとんどの生徒が集合していた。

そして大量のタケノコ。


そういえば、勝負の結果はどうなったんだろう？

アンジェとマリエッタ嬢に目を向けた私は、驚きに目を見開いた。

二人とも大量のタケノコを積み上げているのだが……アンジェのタケノコ山のほうがふたまわりは大きい。

おお……あの量には、私でもかなわない。

遊んでいるようにしか見えなかったが、あれほどのタケノコ掘りの技量を持っているとは……なかなかやるな。あのクワ筋は、まやかしではなかったようだ。

前世はタケノコ農家かなんかだったのだろうか。


我が宿敵、アルフレッド先生は……

え⁉

タケノコが、ない。


アルフレッド先生は私と目があうと不敵に笑い、クイとアンジェのタケノコ山を顎で指し示した。

まさか……

アンジェのほうをみると、勝ち誇ったような笑みを向けられた。


そういうことか……

アルフレッド先生は自分のタケノコをアンジェに譲渡したのだ。

だが私と勝負した理由がわからない。

それにアルフレッド先生のタケノコを全部渡したとしても、あの量はないはず。

どこからあのタケノコが……⁉

周りを見渡すと、ゲオルグの姿がみえた。

しかしゲオルグはタケノコを持っていない。

あのゲオルグが⁉

私がじっとみつめていると、すまなさそうな顔をしたゲオルグがこちらにやってきた。

「ごめんな。俺のタケノコはコゼットにやろうと思ってたんだけど、お前が見つからなかったからさ。アンジェに頼まれてあげちゃったんだ」

「そうなの……って、私はタケノコいらないから。それより、ゲオルグがアンジェさんを応援していたとは意外だわ」

本当に意外だ。

ゲオルグがアンジェを気に入っている様子などなかったのに。

どちらかというと、一緒に縄跳びしたりしていたマリエッタ嬢のほうが、まだ仲が良いと思っていた。

疑問に思って問いかけると、ゲオルグはキョトンとした。

「応援？　なにが？」

「え。今日のアンジェさんとマリエッタ嬢の勝負で、アンジェさんの味方をしたのよね？」

「え⁉」

「え⁉」

ゲオルグはポカーンとしている。

まーさーかー
頭が痛くなってきた。

「ゲオルグ。朝のサンディ先輩の説明を、ちゃんと聞いていた⁉」

ゲオルグの目がものすごく泳いでいる。

「今日は、タケノコの数を競う一騎打ちだったのよ」

ゲオルグはダラダラと汗を流している。

「アンジェさんを応援してタケノコをあげるならともかく、なにも考えずにあげるなんて……」

「ご、ごめ……」

ゲオルグの顔色は真っ青だ。

私ははぁ、と息を吐いた。

「私に謝っても仕方ないわよ。今回はもう仕方ないけれど……次回の勝負があるのなら、審査員の一人として、対戦者のどちらを応援するかよく考えたほうがいいわ」

「はい……」

しゅんと肩を落としている。

まったく！

だが、アルフレッド先生が私に勝負を挑んだ理由がなんとなくわかった。恐らく、私がマリエッタ様にタケノコを渡すのを阻止しようとしたのだろう。まあ、どちらにもあげるつもりはなかったのだが……。

タケノコ掘りに夢中になって、遠くに離れるように誘導されたのかも……なんて、考えすぎかな。

「お待たせ致しました！　集計の結果を発表致します！　今回の勝負！　アンジェさんの勝利です‼」

「ありがとうございまーーーす」

サンディ先輩の声が響き、アンジェが嬉しそうに飛び跳ねている。一方、マリエッタ嬢は悔しそうに顔を歪めていた。

うーん。アルフレッド先生は、アンジェに勝たせたかったのだろうか。

そう考えると、アルフレッド先生はすでにアンジェに攻略されているんだろうか……アンジェがアルフレッド先生を攻略している時間があったとは意外である。

いつも殿下に張り付いていると思っていた。

私はつらつらと考えながら、フンッとタケノコを持ち上げた。

え⁉　なんでって⁉

もちろんタケノコご飯を作るためです。

まずはアク抜きしないとね！

みんなで収穫したタケノコが厨房に運びこまれ、どんどんアク抜きをされていく。

時間が経つほど、えぐみが増してしまうから、新鮮なうちにやってしまわないといけない。

その間、タケノコ掘りを楽しんで疲れた皆様にはお茶を振る舞った。

まあ、真剣にタケノコ掘りをしていたのはごく一部で、ほとんどの方はタケノコ見物をしていたようだが。

それを横目に、私はバリバリとタケノコの皮を剥《は》ぐ。

新鮮なうちしか食べられない料理があるのだ。そのために、若くて細いタケノコをいくらか確保しておいた。前世では一度食べたことがあったのだが、久しぶりにまた食べてみたくなったのよね。

根元を落とし、皮を剥《む》いたタケノコを軽くあらって、薄くスライスしてお皿に盛る。

でっきあがり～！

三分クッキングにも満たないほど簡単だが、タケノコの刺身の完成だ。

わさび醤油《じょうゆ》で頂きたいが、残念ながら醤油もわさびもないので、塩とレモンで食べてみる。

しゃくしゃくしゃくしゃく
うーん。

りんごとなしを足して割ったみたいな感じ。

正直、そんなに美味しくない。

珍味って言われてたくらいだし、新鮮なタケノコと季節を味わう感じだね。

ひとりでしゃくしゃくしてると、ゲオルグたちがやってきた。

「コゼット、なにを食べているんです⁉　タケノコ⁉」

「はい、タケノコの刺身ですよ。新鮮なうちしか味わえないんですが、珍味だしそんなに美味しくはないかも」

「さしみ⁉　生で食べるんですね。サラダみたいなものかな」

「あ～！　よく考えたらサラダですね」

それからみんなで生タケノコを食べたが、なんだか微妙。

やっぱり調理したほうが美味しいかなあ。


そんなことをしているうちに、タケノコ料理が運ばれてきた。

醤油やみりんがないので和風の料理は作れず、洋風なのが残念だが、料理長が絶品タケノコ料理を開発してくれた。


タケノコのクリーム煮、タケノコの洋風炊き込みご飯、タケノコのバターソテー……

うーん、絶品!!

タケノコ掘りに参加した方々も庭で思い思いにくつろぎながらタケノコ料理を堪能していた。

レミーエ様たちもタケノコ料理を食べて元気が出てきたみたい。

「レミーエ様、マリエッタ様、タケノコ料理はどうですか?」

「コゼット、とても美味しいわ。あなたのところの料理長はさすがね」

「ありがとうございます。マリエッタ様、今日はお疲れ様でした」

「コゼット様……」

落ち込んだ様子のマリエッタ様は、タケノコ料理もあまり進んでいないみたいだ。

私は一騎打ち対決に出るつもりもないが、一騎打ちでどちらかを助けるつもりもない。

特に前回、今回と続いて我が伯爵家やシグノーラが関わっているため、半主催者側ともいえる立場だ。

そもそも王太子殿下の妃候補を決める催しに、自分が王妃になる気もない上に、誰かを王妃に推したいという明確な気持ちがない私が関わることが、怖いのだ。

ゲームと違ってやり直しがきくわけではない。

だからこそ、王妃の座を目指す人たちが悔いのないように頑張ってくれたらいいと思う。

私はその戦いに敗れた令嬢たちの受け皿を作っていくのみだ。

だが、一騎打ち対決の内容がゲームと違ってきているのは気にかかる。

ゲームではまさか、タケノコ対決はなかった。

恐らく私が前世の記憶を持つことによる変化だろう。

しかし、一騎打ちの内容がゲームと違って令嬢力を競うものではなくなっているだけに、令嬢の名前につく傷が軽いことは救いだろう。

「マリエッタ様、今回はお助けできなくて……すみませんでした。私、王妃候補レースには……」

「コゼット様……そうね、正直にいうと、あなたが助けてくれたら、とは思いました。けれど……この勝負は、私が自ら望んだものですもの。それにあなたは……いいえ、なんでもないわ」

「マリエッタ様?」

聞き返すも、マリエッタ様にはもうその先を話してくれるつもりはなさそうだった。

「コゼット様、このクリーム煮はとても美味しいですわ！　我が家の料理人でも作れるかしら」

「あ、あら、気に入っていただけて嬉しいですわ。ではレシピを料理長に聞いておきますわね」

その後はみんなで楽しくタケノコ料理に舌鼓《したつづみ》を打ち、タケノコの水煮をお土産《みやげ》にお渡しした。

「今日は疲れたわ……」

私は自室に戻って、シシィに淹れてもらった紅茶を飲んで一息ついていた。

ひとりになってベッドでごろごろしながらアルフレッド先生のことを考える。

アルフレッド先生はなんであんなことをしたんだろう？

アンジェに攻略されているから？　けれど、それならアンジェが王妃になるのは困るはずだけど……それとも彼女に味方する理由が、アルフレッド先生にはあるのだろうか。

考えられるのはアンジェが王妃になることでアルフレッド先生に利益があるということ。

しかし貴族の情勢をいまいち把握していない私には、そのあたりの微妙な部分はよくわからない。

今度お父様にお聞きしよう、と考えたところで私の意識は眠りの中に落ちたのだった。


「お父様、はいってもよろしいですか？」

「ああ、コゼット。おはいり」

次の日の朝を迎えてすぐ、私はお父様の書斎を訪ねた。

もちろん、アルフレッド先生のことなどを相談するためだ。

先生の動きに、納得のいく理由がほしい。

「学園で一騎打ちが行われたのですが、そこで……」

お父様に経緯を説明すると、お父様はふむ、と頷いた。

「コゼット、アルフレッド先生が侯爵でもあることは知っているね？」

「はい」

アルフレッド先生は学園の教師を務めているが、侯爵としても学園の運営に深く関わっている。ゆえに担任のクラスなどは持っておらず、教師として普段何をしているのかは謎だ。

優雅で洗練されているという評判からか、マナーやダンスの指導をすることもあるようだが、常に学園にいるわけではない。

先代から代替わりして間もないため年齢は若いものの、かなり優秀らしく、政治の場でも宰相についで強い発言権を持つと聞く。

「グランシール侯爵の行動は……まず間違いなく王妃に就かせないためであろう。レミーエ嬢を……そしてコゼット、お前を」

「私を……ですか？」

私はお父様の言葉に、目を見開いた。

何故そこで私の名前が出てくるのだろう。私には王妃になる気など、まったくないというのに。

レオンハルト殿下とは仲の良い友人になれたと思っているが、それとこれとは話が別だ。

王妃なんてそんな面倒くさそうな役職に、誰が就きたいものか。

前世で娘の学校の、父母会の会長をしたのだってウンザリだったのに。

驚く私に、お父様はやれやれといった感じで口を開いた。

「現在、王太子殿下ともっとも親しい令嬢はコゼット、君だよ。それに、コゼットは気付いていないかもしれないが、商会を設立し爆発的な流行を多数作り出したその手腕、開発能力……それらを鑑《かんが》みれば、コゼットが王妃候補の筆頭と目されることは当たり前だ」

「シグノーラの開発は、お母様がされていることになっているはずですわ」

「わかる方にはわかるものだよ。すでにコゼットがシグノーラに深く関わっていることは知れ渡っている」

「そんな……そうですの……」

考えてみれば当たり前のことかもしれない。

私は隠すにしては前に出過ぎていたし、いくら口外を禁止したところで人の口に戸は立てられない。

これは自分の迂闊《うかつ》さが招いたことといえる。隠したいならば本気で隠すべきだったのだ。

「コゼット、君はまだいい。しかし、レミーエ嬢が王妃の座に就くことは、一部の貴族たちにとっては看過《かんか》できないことだ」

「一部の貴族といいますと……」

「レミーエ嬢の父上は宰相であらせられる、ドランジュ公爵だ。レミーエ嬢が王妃の座に就くことで、ドランジュ公爵の権力は莫大になる。今でさえ公爵の発言権は強い。それがさらに……となると、国王陛下の権勢さえ揺るがすことになるだろう」

「まさか、陛下の権力を揺るがすなんて……そんな」

「もしそうなれば、王太子殿下は傀儡《かいらい》とされるかもしれない。それに、一貴族が権力を持ちすぎることは、周りにとっては面白くないだろう」

うむむ……ドランジュ公爵の専横《せんおう》を許さない貴族がいるということか。

しかし、ドランジュ公爵が真っ当な政治をしてくれるのだったらそれでもいいのではないか……と現代日本の象徴天皇を知っている元日本人としては思ってしまう。

「ドランジュ公爵は、どのような人物なのですか？」

私の質問に、お父様は苦虫を噛み潰したような顔をした。

「うーん……政治家として優秀なのは間違いないよ。いい意味でも、悪い意味でもね。先王から、血縁関係のない現王への王位引き継ぎにおいてさしたる混乱もなかったのは、公爵の手腕が大きい。しかし、公爵は予想される収入に比べて、明らかに多く蓄財している。それは公爵の自領の軍備への投資をみるに明らかだ」

「明らかに多いのであれば、不正が疑われるということですよね⁉　……何故、取り締まれないのですか⁉」

「証拠がね……ないんだよ……明らかに不正をしているとわかっていても、公爵ともあろう方を確たる証拠もなく追及することはできない」

「それは確かに……」

しかし、聞き捨てならない言葉が。

「軍備……とは」

ゴクリと唾を飲み込み、問うた私に向けるお父様の目が真剣さを増す。

「公爵は長らく隣国であるルメリカ公国への侵略戦争を進言している。ルメリカ公国は交易で栄え、資源も豊かな公国だ。確かに魅力的なのだろうが、戦争は国を疲弊させる。それよりも国内の資源開発を促進させるべきとの意見と対立していてね……」

ドランジュ公爵の領地は広大で、一部ルメリカ公国との国境に接している。戦争があったときのための軍備であることは想像に難《かた》くない。

しかし戦争……元日本人としては現実感がまるでないが、やらなくてすむなら戦争など絶対にやりたくない。

「すると、アルフレッド先生はドランジュ公爵の専横を阻止し、ひいては戦争を回避するために動いている、ということでしょうか」

「そうだろうね。あわよくば自分の息のかかった者を王妃の座につけたいと侯爵としては考えているかもしれない」

「その者に心当たりは⁉」

「それはまだわからない。私としては学園の生徒の中にいると思う。アンジェ嬢を支援したということは、アンジェ嬢がそうであるとも考えられるけれどね。……ボウイ男爵は、第三者と接触していた様子はなかったと言っていたがなあ」

しかし……アンジェが以前、王宮に出入りできていたことを考えると、アルフレッド先生と接触していた可能性は十分ある。

私はお父様の目をひたとみつめた。

「私は戦争をしたくありません。そのためには、何をしたらいいのでしょう」

「ドランジュ公爵の専横を防ぐため、公爵の不正を暴くこと……それは難しいとしても、レミーエ嬢以外の令嬢を王妃の座につけることが一番の近道だね。アンジェ嬢……もしくは、コゼット、君自身でも構わない。君はレミーエ嬢の取り巻きのように思われていただろうが、私自身は公爵派というわけでは、ないからね」

お父様は政治的な派閥において、ドランジュ公爵にもグランシール侯爵にも属していないそうだ。

だから、万が一娘の私が王妃になった場合、王太子派もしくは中立派となるだろうとのことだった。

「私……私は……」

私が王妃に。

考えてもみなかったし、今でも王妃になどなりたくない。

それ以上に、王妃は役職だけではない。レオンハルト殿下の妃なのだ。

王の結婚は政治的な思惑《おもわく》を外しては考えられないとはいえ、殿下の意思をまったく無視して進めるのはおかしな話だと思ってしまう。

これは、貴族としてあるまじき考えなのかもしれないが……殿下には自分の愛する人と一緒になってほしいと思ってしまう。

『王妃』にはなりたくないが、レオンハルト殿下の妃だったら……

自分の気持ちがわからず、私はじっと俯《うつむ》いて足元をみつめることしかできなかった。

私が王妃にならずに戦争を回避するには、ドランジュ公爵の不正を暴く必要がある。お父様でも掴めない証拠が、私に掴めるとはとても思えないが。

しかし……

聞かなければいけないことがある。

「ドランジュ公爵の不正を暴いた場合、レミーエ様と、レミアス様は、どうなるのですか⁉」

公爵の不正は暴かなければならないことだというのはわかる。しかし、公爵が断罪されたら、二人はどうなるのだろう。

真剣にお父様をみつめる私に、お父様は安心させるように笑った。

「大丈夫だよ、コゼット。公爵の不正に二人が関係ないのならば、爵位は下がってしまうだろうがご子息への代替わりですむだろう。レミーエ嬢は……縁組が難しくなるかもしれないが……」

貴族令嬢にとって、縁組が難しくなることは致命的だ。望まぬ相手と結婚させられるか、修道院にはいるかしか道はない。

私の顔色が真っ青になるのをみて、お父様が慌てる。

「だ、大丈夫かい、コゼット。しかし、これぱかりはね……」

確かにこればかりは仕方ないのかもしれない。

しかし……自分の犯した罪でもないのに。そう思ってしまうのは、現代日本の価値観を引きずっているからだろうか。

一騎打ちは自分の意思と責任で行うものだから仕方ない。だがこれは、レミーエ様には何の責任もないのに……

なにか私にできることはないのか、そう考えつつ私はお父様の部屋を辞したのだった。


といっても、具体的にどうしたらいいものか。

お父様の部屋から退出した後、私は自室のベッドでごろごろしながら考えていた。

まず、一番重要なのは、戦争の回避だ。戦争を経験したこともない私だが、前世の祖母から、その悲惨さは伝え聞いている。銃器がないこの世界とはいえ、戦争となれば多くの人が死ぬ……絶対に戦争を起こしたくない。

そしてそのためには、ドランジュ公爵を筆頭とする、戦争賛成派の貴族たちの専横を許さないことが重要だ。

ここで鍵《かぎ》になるのが、王妃候補なのだが……

王妃候補レースに名乗り出る覚悟は、正直にいうとまだできていない。私なんかに、一国の王妃なんていう重責が背負えるとは思えないし……

だから、私のことはまずは保留にしておく。

アンジェ嬢とアルフレッド先生の関わりについては、お父様が調べてくださることになったが、学園内での行動には注意しておくべきかもしれない。

アンジェ嬢に王妃になるだけの資質があるならば、彼女を応援してもいいのだが……殿下のお気持ちの行方もわからない今はまだ、彼女を応援するとはいえない。

レミーエ様に関しては……ドランジュ公爵の不正疑惑があるからなあ。

私ができることは少ないけれど、レミアスの様子を見て相談してみようか。

もちろんレミアスにとっては父親であるため、絶対に不正に関与していないとは言い切れないのかもしれない。だが、幼いころから付き合いのあるレミアスの清廉《せいれん》さを信じている私には、彼が潔白であると確信していた。

そして最後に、これは私の個人的な目標だけれど……一騎打ちに敗北した令嬢たちの受け皿として、居場所を……働ける場所を作りたい。

実際には貴族の令嬢が働く、というのは本人のやる気次第な部分もあるが……貴族の女性が活躍する場を作り、そのプロトタイプに自分がなろうと思う。万が一、レミーエ様が結婚できないということがあっても大丈夫な世の中にしたい……という野望は、大きすぎるだろうか。

「よーし！」

大まかな方針は決まった。とりあえず、今できることをやっていこう！

私はベッドで一度大きく伸びをすると、シシィを呼んだ。

「お嬢様、お呼びでございますか」

「ええ。シグノーラのことなんだけれど……」

以前から考えていたことだが、シグノーラの高級靴店とダイエット部門を分け、ダイエット関連のものを別店舗で展開することにした。

高級靴店の方ではこれまで通りハイヒールを主力商品として展開し、王侯貴族たちへのオートクチュールをメインにしていく。貴族たちへの接客などは、女性が働く場としてもぴったりのはずだ。

ダイエット部門の店舗には健康志向のカフェを併設して、ハーブティーや美容にいい食材を販売したり、健康にいい料理を食べられるスペースを作るのだ。

米ぬかを使った入浴剤や美容パックなども開発しているが、今私が力をいれている料理はズバリ、ぬか漬けだ。

ぬか漬けが健康にいいことは間違いない！

少々、塩分は気になるけど。

元日本人としては、漬け物は生活に欠かせない必須アイテムなのだ。幸いにして東国からの輸入米とともに、棚ぼた的に米ぬかも手に入れられた私は、狂喜乱舞したものだ。

それに毎日ぬか漬けを掻き回しているおかげで、私の手はツヤツヤぴかぴか。

ちょっぴりぬかみそくさいことは置いといて、みんなに褒められる白魚《しらうお》のような手を体現している。

話が逸《そ》れたが、シシィに店舗拡大の相談をして、私は眠りについたのだった。

閑話：うちのお嬢様　シシィ視点

お嬢様がおかしい。

まあ、お嬢様がおかしいのはいつものことなのだが、最近、夜中にお嬢様のお部屋からルンルンと楽しげな声が聞こえてくる。

それはまだいい。一番気になること……なんだかお嬢様のお部屋からツーンとした匂いがするのだ。

最初は腐ったものでもあるのかと部屋を探したが、目につくところにはなにもなかった。

あと、探していないのは……

お嬢様がこそこそと開け閉めしている戸棚の中。

お嬢様がルンルン言っているときに部屋に伺ったら、慌ててなにかを隠していた。

そして、いつものツーンとした匂いがひときわ強く漂っていたのだ。


あやしい……

戸棚のほうをチラリとうかがう。

お嬢様は学園にいっていてご不在だ。

お嬢様の秘密を覗くなんていけないわ。

でも、あの匂い。

最近、お嬢様の手からもあのツンとした匂いがするのよね。

お嬢様の手がツヤツヤぴかぴかしているので、つい「綺麗な手ですね」と言ったときにもあの匂いがした。

気になる。

私はこっそり戸棚を開けることにした。

ごめんなさい、お嬢様……


戸棚の中にあったのは、壺《つぼ》だった。

なんの変哲もない蓋《ふた》のついた壺。


私はそーっと壺の蓋を開けてみた。

「くさっ」

壺の中には、ドロドロぷるんっとした薄茶色の物体が詰まっており、毒々しい色の赤い唐辛子が見え隠れしていた。

まるで呪いの壺……

お嬢様が呪いなんて！　あの優しいお嬢様が！

そんな……人を呪わなければいけないほど辛《つら》いことがあったのですか、お嬢様……！

私はお嬢様のお気持ちを思ってさめざめと泣いた。

あの能天気《のうてんき》でボケーっとしているお嬢様が、誰かを呪うほど追い詰められたと思うと涙が止まらなかった。

学園から帰宅されたお嬢様に目が赤いことを指摘され、私は我慢の限界を迎えた。

「シシィ、どうしたの。貴女が泣くなんてよっぽど辛いことがあったのね。私で良ければ話してほしいわ」

「お、お嬢様……！」

私はボロボロ涙を流しながら、お嬢様に壺の中身を見たことを話した。

「あ、あれを見てしまったのね……」

「す、すみません、お嬢様……匂いが気になってしまって。呪いが効かなくなってしまうのでしょうか。でも、呪いなんてよくありません！」

「完成してから食べさせたかったのにー…………て、え⁉　呪い⁉」

「え⁉　食べさせる⁉」

お嬢様がヌカヅケというものを振る舞ってくれた。

しょっぱくてビックリしたが、なんだか味わい深い料理だった。ピクルスと似ているが、少し違う感じで美味しい。

まだつかりが浅いとか、熟成が足りないとかブツブツ言っていたが、呪いではないらしい。

夜中にルンルン言っていたのは、このヌカヅケを掻き回していたそうだ。

まったく、お嬢様のすることは予想がつかない。

とりあえず、呪いじゃなくて本当に良かった！

「ルンルンルン♪　おーいしっくなぁれーぬっかーづけー♪」

今日も夜中にお嬢様の歌声が響く。

揺れる心

よく晴れた日の昼休み。中庭のカフェテリア前の広場に、大きな白い布が張り出された。貴族クラスの生徒も民間特別クラスの生徒も、それをみようと布の前に鈴なりになっていた。

「この間の実力試験の結果？」

「ああ。あの試験の結果を受けて変動した、令嬢ランキングが張り出されているらしいぜ」

「ふむ……」

「興味深いですね。見に行きましょうか」

レミアスの言葉をきっかけに、中庭でお茶を楽しんでいた私たちもそちらに足を向けた。

鈴なりになった生徒たちは、白布を見てそれぞれに驚きの声をあげている。

そんなに意外な結果だったのかしら？　全校生徒による人気投票はまだ先のはずだし、なにか番狂わせでもあったのかしら……そう思いつつ全員で近寄ると、入学初日の再来のようにざあっと生徒たちが道をあけた。

なんか、私ったらすごい図々しい感じになってない？　殿下の威を借るキツネ状態。心なしか周りの生徒たちの視線が私に突き刺さっている気がする。ごめんなさい！　すぐにどきますから！

と思いつつ、私は白布を見上げた。

王妃候補　選抜順位

第一位　レミーエ・ドランジュ
第二位　コゼット・エーデルワイス
第三位　ジュリア・マルフォイ
第四位　エミリア・ブラウ
第五位　………
……
第十位　アンジェ　（民間特別クラス）

「アンジェ様……民間特別クラスなのに十位にはいるとは、すごいですわね」

「あ？　ああ、言われてみればそうだな。いや、お前それより……」

「マリエッタ様は十位にはいっていないのですね。やはり、あの一騎打ちの結果が響いているのかしら」

中間発表であるためか、順位表は十位までしか張り出されていないのだ。

「まあ、マリエッタ嬢は爵位も子爵で、高い方ではなかったからな……そ、それより、コゼット」

「コゼット！」

そのとき、白布を見上げる私に、背後から鋭い声がかけられた。

振り向くとそこには、腰に手を当て、仁王立ちをしたレミーエ様がいた。しかし、普段の勝気な笑顔は鳴りを潜め、鋭く光るまなざしで私をみつめている。

「レミーエ様……？」

「……あなたには。あなたにだけは、絶対に負けませんことよ！」

「レミーエ様！」

「オーホッホッホッホ！　見ていてごらんなさい！　このレミーエ・ドランジュ、必ずや第一位の座を守り抜いてみせますわ！」

レミーエ様はそう言い放つと、信号機三人衆を引き連れて颯爽と去っていった。

「……なんで私に？」

ぽかんとその背をみつめていると、ゲオルグが呆れたようにため息をついた。

「はあ……そりゃあ、お前が二位だからだろ。見てなかったのか？」

「え⁉　二位⁉」

慌てて白布を見直すと、確かに私の名前が第二位の場所に書いてあった。

「ホントだ……全然目にはいってなかった……」

「コゼット！　お前が頑張ってくれて、わ、私はとても、嬉しく思うぞ」

照れ臭そうな、だが嬉しさをにじませた王太子殿下のお声。

「殿下……」

でも……

思いがけない高い順位。それ自体は、頑張りを認められたような気がして嬉しく感じる。

けれど、王妃候補に名乗り出る決意をまだ固めることができていない私は……殿下の表情が、次第に悲し気に沈んでいくのに気づいていてなお、あいまいに微笑むことしかできなかった。

◇◇◇◇◇

学園の授業を終えた、放課後。

なんとなく……レミーエ様やアンジェにどんな顔をして会ったらいいのかわからなくなってしまい、私は中庭でひとり、ボーッと空を眺めていた。

あれからアンジェの動きも注意しているが、とくにアルフレッド先生と接触している様子は見られない。

レミアスとも話したいのだが、難しい内容なだけになかなか言い出せずにいる。

そのため私は、モヤモヤしながらもポリポリとぬか漬けを食べている。

「コゼット、今日のおやつは……野菜ですか⁉」

振り向くと、レミアスがこちらに歩いてくるところだった。

かつては野菜嫌いだったレミアスも、今では立派な野菜好きに育った。

お母さん嬉しいよ！

気分が明るくなった私は、いそいそとぬか漬けの説明を始めた。

「これは、野菜に味をしみさせた、ぬか漬けという料理です！　少ししょっぱいですが、癖になりますよ！　さあさあ召し上がれ」

ぬか漬けをみつめて妙な顔をしているレミアスにグイグイ勧める。

「今日のぬか漬けはタケノコとじゃがいもです！　ぬか床がやっと熟成されてきて、旨味《うまみ》が増したんですよ～さあさあさあさあ」

ぬか漬けというとキュウリやナスのイメージが強いが、春野菜ではじゃがいものぬか漬けが特におすすめだ。

料理長に試食してもらったところ、「う、うまい……！」とお墨付きをもらった。

今では伯爵家のメニューにはぬか漬けがたびたび採用されており、一大ぬか漬けブームが到来している。

サンドイッチの横に、ピクルスの代わりにぬか漬け。

お食事のお口直しにぬか漬け。

パンにハムとぬか漬けが挟まっていたときには、ぬか漬けの新しい可能性に驚愕した。

本当にぬか漬けの可能性は果てしない。

今度、パスタに入れてみよう。

レミアスはぬか漬けを恐る恐る口にし、破顔した。

「これは美味しいですね！　初めて食べましたが、さっぱりしていてそれでいて深みがあって。不思議な……」

「気に入って頂けて嬉しいです。今回のぬか床は自信作ですのよ！　深みを出すために野菜の葉を……ハッ！」

危なかった。

ぬか床について語りだすところだった。

図らずもレミアスと二人きり。

あの話をする絶好のチャンスなのに。

幸い辺りに人影はない。

ここ最近、レミアスが父であるドランジュ公爵に対してどう思っているのかを、遠回しに探ろうとしてきたが、レミアスは公爵の話題を意図的に避けているように感じた。

結局、レミアスの気持ちはわからなかったのだ。

今日はいい機会だ。もう少し深く踏み込んでみようと思う。

「レミアス……」

私はレミアスの目をじっとみつめた。

レミアスに、昔のガリガリで不健康だった面影はもう一切ない。

生まれ持った秀麗なラインを描く頬に、絹糸のような金の髪がサラリと落ちる。

ぬか漬けを食べる唇は淡い桃色で、白い肌に映えていた。

……ぬか漬けのタイミングを誤ったな。

レミアスの絵画のような美しさに、ぬか漬けが完全なるミスマッチ。

しかしお陰で冷静になれた。

「コゼット？　どうかしましたか？」

レミアスが微笑みながらこちらを向いた。

「あの……レミアスは、お父上とはどんな感じなのかな～っと……」

レミアスが固まった。

当たり前だ！　なんて切り出したらいいのかわからなかったにしても酷《ひど》すぎる。

ど直球にもほどがあるわ！

「そう……ですね……私とは、考え方の違う……相容《あいい》れないといってもいいかもしれません」

ぐおおお、と俯いて頭を抱えていると、静かなレミアスの声が聞こえたので頭をバッとあげた。

「相容れない……」

「父が……ルメリカと戦争をしようとしているのはご存知でしょうか？　戦争によって莫大な利益を得られ、必ず国のためになると言っていますが……私にはそうは思えない。いくらルメリカが、アルトリアに比べ小国であるといえど、必ず勝てる戦争などない。それに、戦争は民を傷つけ国を疲弊させる。なにより、人が……死ぬ。それで手にはいる豊かさなんて仮初めだ！」

その表情は、普段の穏やかなレミアスとは別人のように苦し気にゆがめられていた。丁寧な口調も忘れるほど激昂《げっこう》しているレミアスは……何かを耐えるように、こぶしをきつく握りしめた。

私は痛ましくなって、震えるレミアスの手をそっと自分の手で包み込んだ。

レミアスは握られた手をみつめながら続ける。

「私は戦争などするよりも、この平和の中で国の文化を豊かにしていきたい。平和だからこそ、新しい文化や芸術が生まれる。私は……画家になりたいんだ」

「そうね、レミアスは昔から絵を描いてばかりだったわね」

幼いころから何度も四人でピクニックに行った。

全員が好き勝手なことをしていたが、レミアスは絵を描いていることが多かった。

家では絵を描かせてもらえないレミアスのために、レミーエ様がこっそりレミアス用の画材をうちに持ってきて……私たちが鬼ごっこをしようと言っても断られたりしたっけ。

たこ揚げのたこも、私の下手くそな絵をゲオルグに笑われてからは、レミアスと一緒に描いた。どんどんグレードアップしたたこは最終的になにかの芸術作品みたいになって、飛ばすのがもったいないほどだった。

「レミアスの描いてくれたたこは、全部とってあるわ」

「ふふ……額縁にいれてくれていましたね。コゼットのお陰で……私は思う存分絵を描くことができた。けれど、家では……」

レミアスの父上は彼の描く絵を、軟弱だといって破り捨てたという。

「あんなに素敵な絵を破るなんて、考えられないことだわ」

「私は、なにをしてでも戦争を回避したい。……そう、父の不正を暴くことになろうとも」

レミアスの強い眼差しが、私を射ぬき……私は息をのんだ。

「それが、聞きたかったんだろう？」

「……ええ」

レミアスは私が聞こうとしていたことに気付いていたのか。

なぜか後ろめたいような気持ちになって、レミアスから視線をそらしてしまった私の手をレミアスがぎゅっと握る。

「父の不正の証拠をつかむよ。恐らく私にしかできない」

「レミアス……」

「レミーエを王太子妃に就けられなくても、父は戦争を諦めないだろう。国の上層部は少しずつ開戦へと傾いているよ。あまり猶予《ゆうよ》はない」

ドランジュ公爵は貴族たちを少しずつ取り込んでいっているという。

王太子妃の座を狙っているのは、自分の地位をさらに盤石《ばんじゃく》なものにする、保険のようなものなのかもしれない。

「でも……レミーエだけは、助けたいんだ。私はどうなっても構わない。死ねと言われれば父とともに死のう。だが、レミーエは、あの子はなにも知らないんだ。ただ、殿下を慕っているだけなんだ」

レミアスが苦しげに唇を噛む。

先ほどとは逆に、今度は私がレミアスの手を握る。

「大丈夫よ。レミアスも、レミーエ様も。死ぬなんてあるわけないわ。私になにができるかわからないけれど、二人を辛い目になんてあわせないんだから！」

絶対にそんなことにさせない。

殿下だってそんなことを望むわけがない。

この世界での罪に対する罰の重さはよくわからないけれど、死罪なんてそう簡単にはないはず。

……………ないよね!?

「コゼット……ありがとう」

レミアスの瞳からこぼれ落ちそうになっている涙をそっとハンカチで押さえると、レミアスに優しく抱き寄せられた。

この世界に生まれてから、両親以外に抱きしめられるなんて初めてで……戸惑ったけれど、レミアスの肩が震えていることに気付いた私には、その手を振り払うことなんてできなかった。

大きなものに立ち向かう恐怖をこらえるように、私たちはそのまましばらく、震える体を抱きしめあっていた。


その二人を見ている人影があることにも気付かずに……


レミアスと話した翌日。

授業も終わり、生徒たちは帰り支度を始めている。

私は昨日作ったおやつの袋をロッカーから出した。

今日のおやつは、せんべいだ。

醤油がないから塩味である。

これはこれで美味しいのだが、最近、無性に醤油が恋しくなってきた。

和菓子好きな殿下も誘って、久しぶりにみんなでお茶をしようと思う。

最近、色々考えることが多くてお茶会もできなかったので、罪滅ぼしという程でもないがせんべいを沢山焼いてきたのだ。

うっふっふー喜んでくれるといいなぁ。

もし忙しかったら、小分けにしてあるからプレゼントしよう。

私はウキウキしながら殿下の席にむかった。

「レオンハルト殿下、お時間よろしいですか？」

席を立とうとしている殿下に声をかける。

「ああ、コゼット。すまないが、今日は用事があってな。急ぎの用件か？」

「え⁉　い、いいえ……それほどのことではないのですが……」

「そうか。それでは失礼する」

「あ、あの、おせんべいを……」

「すまないが急いでいる」

「あ……」

殿下はこちらを振り向きもせずに行ってしまい、その場に残された私は呆然と立ちすくんだまま動けなかった。


幼いころから一緒に遊んでいて、こんなに邪険《じゃけん》に断られたことがなかったので、少しビックリしてしまったのだ。

話しているときに目が合わないことも一度もなかった。

きっと、急ぎの用事があったのよ。

第一、王太子殿下ともあろう方が、いつもお茶会に来てくれるわけないじゃない。

責務に追われて忙しいに違いないのに。

でも、いつも来てくれた。断られたことなんてなかった。

そこまで考えて、私はハッとした。

気づいてしまったのだ。

王太子殿下ともあろう方が、いつも私の小さなお茶会に参加してくれていたということに。

侍従が途中でお時間です、といって呼びにくることはあっても、最初から断られることなんてなかった。

だから私は、殿下は必ず来てくれるものだと思い込んでいたのだ。

なんて、図々しい……

いくら親しくして頂いていたからって、たかが伯爵家の娘程度が王太子殿下を自分のもののように思い込むなんて。

私は急に、目がくらむほどの恥ずかしさに襲われた。

手に持っていたせんべいの袋が、途端にみすぼらしく思える。

こんなつまらないお菓子なんて。殿下はもっとおいしいお菓子を食べなれていらっしゃるに違いないのに。

周りにまだ居残っていた貴族たちが、笑っているような気がした。

やっと自覚したのかしら。

まったく、図々しい方だこと……

くすくす……くすくす
ただの幻聴……気のせいだったのかもしれない。

けれど無性にいたたまれなくなった私は、逃げ出すように教室を後にした。

気がついたら中庭にいた。

みんなでお茶をしたいつもの場所。

今は誰もいない。

何故か目から涙が溢れてくる。

どうして自分が泣いているのかわからなかった。

殿下にだって用事があって当たり前なのに、断られたくらいで泣くなんて。

この涙すら図々しい、なんて思い上がっていたんだろうと情けなくなる。

どれくらいそうしていただろうか。

ほんの少しの時間だったかもしれない。

中庭からみえる正面入り口のほうからザワザワした声がして、私は俯いていた顔をあげた。

そこには、ピンク色の髪を揺らし、華やかに微笑むアンジェと……彼女のほうを向いて答える殿下がいた。

こちらからは殿下の表情はうかがえない。

でも、あの美しい銀髪は、紛れもなくレオンハルト殿下その人で。

その手には、男性には似つかわしくない袋が握られている。

あれは……

覚えている。

アンジェが攻略対象者に渡す手作りお菓子だ。

娘がしていたゲームの画面が脳裏にうかぶ。娘が操る『アンジェ』に向かってささやかれた、甘い台詞まで聞こえてくるような気がした。

甘いお菓子を受け取った『王太子レオンハルト』は、子供のように無邪気な笑顔を浮かべた。お菓子の袋ごと、『アンジェ』の細い手を包み込むと、その指先に口づけを落としてそっとささやいた。

『君の作るお菓子は、素朴で、温かくて、優しくて……まるで、アンジェ自身のようだね』

『アンジェ。君の前でだけ、私は『レオンハルト』でいられる。君だけが私の苦悩をわかってくれるんだ』

決して本職の料理人のように上手ではない、不格好なクッキーをかじる『レオンハルト』に、『アンジェ』がそっと寄り添う姿。

画面越しに見ていたときは何も感じなかった、ゲームの場面としてはありふれているそのシーンの記憶が、今の私の胸を容赦なくえぐった。殿下の顔が見えなくてよかった。きっと、あのゲームと同じ顔で、いとおしげにアンジェをみつめている気がするから。

なんだかどうしようもない気持ちになった私は、持っていたせんべいの袋をぶちまけ……られなかった。

もったいないから。

食べ物を粗末にしてはいけません。

仕方がないので、一人でむしゃむしゃ食べた。

何故か涙はでるし、頬張りすぎたせんべいに口の中の水分は持ってかれるし、散々だ。

「コゼット……⁉」

振り返ると、レミアスとゲオルグがいた。

私はよほど酷い顔をしていたのだろう。

二人は心配気に私の顔を覗き込むと、ビックリして目を見開いている。

「俺、タオル濡らしてくるな！」

ゲオルグはそういって駆け出していった。

レミアスが綺麗なハンカチを取り出して、口元を拭ってくれる。

「コゼット、あなたが泣くなんて初めて見ました。大丈夫ですか……？　ほら、お茶を飲んで」

レミアスは、竹筒の水筒からお茶を出して飲ませてくれた。

「うぐっ……おせんべい、食べすぎたから。息が詰まって涙が出ちゃったんです」

我ながら下手くそすぎる言い訳だと思う。

でも、自分でもどうしてこんなに涙が出るのかわからないんだもの。

急いでお茶を飲んだら、勢いが良すぎてむせてしまった。

「うぐっげふっ」

「コゼット！」

レミアスが背中をさすってくれた。

すまないねぇ……

おばあちゃんになった気持ちで顔を上げると、なぜか遠くの殿下と目があった。

まだいたんだ……用事はどうしたのかな。

ぼんやりとみつめていたら、殿下はふいと顔を反らし、正門を抜けると今度こそ学園から出て行った。

その腕に絡《から》みつくアンジェと一緒に。

番外編　レミーエ様のいちにち

「お嬢様、朝でございます」

ぴーちちち
侍女がカーテンをシャッとあけ、爽やかな朝陽が部屋に差し込んでくる。

窓の外から聞こえてくる鳥のさえずりが心地いい。私はベッドで伸びをすると、ストレッチを始めた。

このストレッチというものはコゼットに教えてもらったのだが、これを毎日やることで体がしなやかになるそうだ。

「おいっちにーおいっちにー」

コゼットに教えてもらった掛け声はリズムがよくて、これをいいながらストレッチするとなんだか気持ちがいい。

「……」

最初はこのストレッチをする私を変な目で見ていた侍女たちも、最近は慣れてきたのか動じなくなった。

ストレッチを終えるとスリッパを履いた。

コゼットによればスリッパは室内で履いてこそ真価を発揮するそうだ。これを日中などに履き続けることでダイエット効果と美脚効果があるらしい。

最近ダイエットに大成功した彼女の言うことなので、せっかくのスリッパをお茶会などに履いていけないのは残念だが、素直に従うことにした。

そのかわりに室外用にハイヒールとバランスシューズをお父様にお願いした。

うふふ！　楽しみだわ！　早く出来てこないかしら！

「髪を整えてちょうだい」

鏡台に腰掛けて侍女に命じる。しかし鏡の中の私の髪は、すでに見事な縦巻きロールになっている。

侍女はブラシで私の髪をぐいぐい伸ばすのだが、伸ばしても伸ばしてもびよよーんと戻っていく。

髪全体にブラシをいれて、軽く香油を垂らしてハーフアップにしてリボンを結んでもらった。

実は私の髪は頑固なくせっ毛で、伸ばしても伸ばしても伸ばしても縦巻きロールにしかならない。

たまにはさらさらストレートとか他の髪型もしてみたいのに、どれだけ頑張ってコテで伸ばしても、濡らしても温めても縦巻きロール。

なぜか私の髪は縦巻きロールにしかなる気がないらしい。

お父様もお母様も、縦巻きロールじゃないのに、なぜ……

最近は諦めて、縦巻きロールの色ツヤやアレンジ、美しさに力をいれることにしている。

縦巻きロール道を極めるのだ。

今日はジュリアたちを招いて小さなお茶会をする予定なので、茶会用のドレスを選ぶ。

「お嬢様、今日もお美しくていらっしゃいます」

侍女が満足気な表情で私を褒め称《たた》えるのに軽く頷いた。

「当然よ！　前から見ても⁉」

「お美しいです！」

「後ろから見ても⁉」

「お美しいです！」

「横から見ても⁉」

「お美しいです！」

「ふっ……自分の美しさが怖いわ……おーほほほほ！」

高笑いを決めて気合をいれると、私は颯爽と部屋を後にした。


「ジュリア！　姿勢がなってないわ！　もっと背中を伸ばして美しく！　腰から曲げて胸を反らしなさい！」

「はい！　レミーエ様！」

「エミリア！　手の角度が美しくない！　指の先まで神経を使うのよ！」

「はい！　レミーエ様！」

「マリエッタ！　もっと腹筋に力をいれなさい！　普段のトレーニングが足りていないのではなくって⁉」

「はい！　レミーエ様！」

私は鏡の前に立つと、三人に厳しい指導を施す。

まったく、普段から練習しておくようにいったのにこの体《てい》たらく。もっと厳しくしないといけないわね！

「お手本を見せてあげるわ！　おーほほほほほほ！　さぁ、全員で！」

「おーほほほほほほ！」

「「「おーほほほほほ！」」」

公爵家に高笑いが響き渡る。

さらなる美しい高笑いを目指して、令嬢たちは今日も練習を頑張るのだった。

番外編　ボブじいとタケノコホリデー

「ヒャッハーーーー！！！」

今年もボブじいのクワが、慣れた手さばきの鋭い軌道を描いて唸る。

我が家の竹林は年々すさまじい成長を遂げ、いまや伯爵家の由緒正しき庭園の三分の一を占めるほどになっている。

それとともにボブじいと私のタケノコ掘りの腕も目覚ましい上達ぶりをみせているが、年々増殖を続ける竹林のせいで、いくら掘っても終わりが見えない。

まさにエンドレスタケノコ掘りエターナルである。

特に雨の後なんて絶望的だ。

雨後のタケノコとはこのことか……！　と思わずガックリと膝をついてしまった。

今年はボブじいのゆかいな仲間たちも参戦しているが、タケノコ掘りのコツをつかんでいないのでまだまだ戦力とは言い難い。

本当、この竹なんなの⁉

まるでミントのような爆発的な繁殖力。

最初はほんの二、三株植えただけなのに、あっという間に竹林だよ。

今にも虎《とら》でも出てきそうだわ！

最初はボブじいと私だけで世話ができる程度の竹林だったのに……どうしてこうなった。

「とうっ！　とうっ！　とうっ！」

考えながらもクワを振るう。

はっきり言って、タケノコなど見たくもないレベルでタケノコに囲まれているが、実はタケノコは美容効果抜群の食材である。

タケノコって三回も言っちゃった。

タケノコゲシュタルト崩壊。

最早にっくきタケノコだが、やつは食物繊維も豊富だし美肌効果もある。

そこで私は、この無限に湧き出ているかに思えるタケノコを活かして、シグノーラでタケノコの水煮を発売した。

一応ダイエットコーナーに置いているのだが、食材すら売る高級靴店って……

なんだか最初の主旨と違う方向に行ってる気がしないでもないが、大量のタケノコがもったいないんだから仕方ない。

ちなみに物凄く売れている。

なんだか最近は、私が劇的に痩せたことが口コミで広がり、ダイエットならシグノーラと言われるようになっているらしい。

高級靴店？　なんのことやらって感じである。

ちょっぴり恥ずかしいがみんなの期待を裏切りたくないので、私は今日も必死でクワを振るう。

タケノコを掘ったことのない皆さんはわからないかもしれないが、タケノコ掘りは予想以上に全身を使った動きが必要なのである。おかげで二の腕のふりそでも、無骨な筋肉にはや変わりってなもんだ。


「キャッ！　いた～い！　いた～いよー！」

背後から乙女のような悲鳴が聞こえて振り向くと、ボブじいが五体投地していた。

悲鳴が乙女すぎて思わずあたりを見回したが、ボブじいの他に乙女はいなかった。

「ボブじい⁉　どうしたの⁉」

私はクワを放り出し、慌てて駆け寄った。

「こ、腰を……腰をやっちゃったよ～ハ、ハ…………………ガクリ」

「ボッ……ボブじいーーーー！」


全治一週間。

見事なギックリ腰でした。

「お嬢様……このかきいれ時に、ゴメンね……」

私はベッドに寝かされているボブじいの手を、両手でギュッと握りしめた。

豆がつぶれ、荒れて硬くなった手のひらに、ひとつぶの涙が零れ落ちる。

「大丈夫よ。気にしないでゆっくり休んでちょうだい。ギックリ腰は大変な病気よ。決して無理をしてはいけないわ！　ふとした瞬間に襲い来る、予測不可能なあの痛み……！　考えるだけでゾッとするわ！」

私のあまりの勢いに、ボブじいが顔を蒼《あお》くする。

「お嬢様、まさかその若さでギックリ腰を……⁉」

「あれはいつのことだったかしら……ふと、床に落ちていたゴミを拾おうとしたときに、悪夢の時間は訪れた……」

ボブじいがゴクリと唾をのむ。

「決して重いものを持ったわけじゃない。ほんの小さな軽いものだったわ。でも、ヤツにはそんなことは関係ないのよ！　……腰を屈《かが》めた瞬間に走った激痛に、私はそのまま一時間は動けなかった！　そうよ、少しでも動いたら、腰が砕け散るんじゃないかという恐怖で……！」

そう。そのまま娘が学校から帰宅するまで一切動けなかったのだ。たったの一時間が永遠にも感じる、悪夢のような出来事だった。

「それに、ヤツは再発するのよ！　もう痛くないし～るんるん♪　とか気を抜いている瞬間を狙ったかのように、不意打ちで！」

もはやボブじいの顔色は、青を通り越して真っ白だ。

「いい⁉　最初が肝心よ！　いまどれだけ養生するかで、今後のヤツとの遭遇率が変わるの！　決して！　決して無理をしてはダメよ！」

ボブじいは、真っ白な顔でコクコク頷いた。

ギックリ腰の恐ろしさをわかってくれてなによりだ。

あんな恐ろしい経験は、しないほうがいいに決まっている。いつ何時《なんどき》襲われるかもわからない痛みにおびえるなど、どれだけ神経が磨り減るか……

「じゃあ、私は戦場に戻るわね……ボブじいは……ゆっくりタケノコホリデーを、楽しんで！　アデュー！」

「お嬢……様……！」

私はクワを担いでウィンクし、颯爽と踵を返し、目にいっぱいに涙をためているボブじいを残して、病室を後にした。

もうそんなに若くないいんだから、無理しないでね。


その会話を、窓の外で聞いている者がいた。

「コゼット……やはり、戦場で、そんなにつらい思いを……」

途中からしか聞けなかったが、ヤツとは誰だ⁉

話によると神出《しんしゅつ》鬼没《きぼつ》のようだが、すさまじい手練《てだ》れのようだな。

しかし、どんな相手だろうと俺は負けるわけにはいかない。

もう二度とコゼットにそんな思いをさせるわけにはいかないんだ！

明日から鍛錬の量を倍にしよう……いや、三倍だ！

伯爵家に遊びに来たゲオルグはそう決意すると、竜巻のような勢いで帰っていった。


「へいほー！　へいへいほー！」

私がいい調子でタケノコを掘っていると、お昼を取りに行っていたシシィが戻ってきた。

「お嬢様、お待たせ致しました。……あら⁉　ゲオルグ様はいらっしゃいませんでしたか？」

「え？　ゲオルグ？　来てないわよ」

「あらー？　先ほどお嬢様に会いに当家にいらしたので、こちらの場所をお教えしたのですが……おかしいですわね」

シシィが首を傾げている。

「まあ、そのうち来るんじゃない？　とりあえずお昼にしましょう」

タケノコを掘りまくったのでお腹ぺこぺこ。

お昼のタケノコご飯はとっても美味しかった。

番外編　コゼットの誕生日

「ふんふんふ～ん」

見上げる空が高く澄んでいるある日。

私は今日も今日とて、鼻歌交じりに庭を軽快に散策中だ。先日から始めたダイエットもうまくいき始め、散歩するのに支障のなくなった私は、毎日毎日飽きもせずに屋敷中を徘徊《はいかい》している。

徘徊……といってしまうと、なんだかぼけた老人のようだが、転生した私はまだぴっちぴちの十歳！　迷子にさえならなければ、うろうろしていようがまったく問題ない。

「あ、またシシィに出かけるって言ってくるの忘れちゃった。……まいっか」

いつも屋敷の中をうろついているだけなのに、シシィは心配性よね～。

毎度のことなので、シシィもそろそろ諦めるだろう。のん気に散歩を続けることにした私は、屋敷の裏にぐるりと続く道をてくてくと歩いていった。

我が家の裏庭は、美しく剪定《せんてい》された植え込みが迷路のように広がっている、私のお気に入りの場所である。

コゼット・エーデルワイスとしてこの屋敷で産声《うぶごえ》を上げ、はや十年。窓から眺めるだけだった、この秘密の裏庭を散策できる日が来るなんて……感動のあまり、必要以上にこの裏庭に入り浸ってしまう。だってまさに、ワンダーな青色の服を着た美少女が出てきたり、トランプの兵隊がにゅっと現れたりしそうな素敵な庭園なんだもの！　今度ボブじいに、赤と白のバラの花を植えてもらおうかしら。

え？　そんなに気に入っているのに、なんで来なかったのかって？

太ってたからね！　来たくても来れなかったの！

自慢じゃないがこのコゼット。今でこそ自由に歩けるまでにスリム化されたが、ほんの少し前までは転がるほうが早く移動できるんじゃないかレベルの球体である。屋敷の入り口から裏庭に回り、あまつさえ迷路にはいるなんて暴挙は間違っても犯せない。

木立の迷路の特に細い部分には、かつての私の巨体が……まぁギリギリぴったりはまるくらいだろうが、体力がなくなって力尽きでもした日には、救助に来たボブじいの腰に壊滅的なダメージを与えかねない。

まぁそんな訳で、長年指をくわえて眺めるしかなかった庭園を散策できて、ウッキウキなのである。

「ふんふ～ん！　……ふっ！　ふっ！　……ん？」

手持ち無沙汰《ぶさた》だったので、両手を頭の上で合わせて体をひねるストレッチをしながら歩いていると、木立の向こう側からぼそぼそと声が聞こえてきた。

「……じょうさまの……じょうび……」

「プレゼント……」

「ごちそう……」

ごちそう？　聞き捨てならない魅惑の単語に、私は張り付くようにして声の聞こえるほうに耳を近づけた。

いや、私の本意じゃないのよ？　ほら『コゼット』の体がね？　決してご馳走《ちそう》に目がくらんでいるわけでは！

……じゅるり。

ハッ！　いかんいかん。

こんな人目につかない迷路の中で話しているのだ。きっと聞かれたくない秘密の会話に違いない。

デバガメおばちゃんではない、あくまで令嬢の私はささっと華麗に美しく立ち去らなければ。

よっこらせっと……ん？

立ち上がろうと中腰になったとき、木立の隙間から向こう側が見えた。

……あれは……シシィと料理長？

意外な組み合わせのふたりだ。

まぁ私もシシィの行動をすべて把握しているわけでもないし、料理長にいたっては当たり前だが料理している以外何しているのか知る由《よし》もない。

なんとなく目が離せないでいる間も、ふたりは顔を寄せ合って楽しげに微笑みあっている。

……ふむ。もしかして、これは……ＫＯＩ？　鯉……恋ってやつですか⁉

いや～、びっくりだよ！　まぁよく考えてみるとシシィも花の十六歳でお年頃なわけだし、恋愛もするってもんよね！

でも相手が料理長かぁ～。さすが年のわりに落ち着きのありすぎるシシィだ。渋いとこいくね。って、料理長って何歳なんだろう。

我が家の料理長は腕は抜群なのだが、ものすごいこわもてだ。

新人の料理人がだいたい三日で逃げていくほどの顔の怖さなのだが、その無骨な手から生み出される料理は繊細そのもの。一口食べると料理長の顔を二度見して、料理は顔じゃないんだなぁとしみじみ実感できること請け合いである。

そんな料理長。独り身である。

だって顔、怖いし……おっと失礼。本音がだだ漏れだった。

顔の怖さはさておき、料理長の年齢だが……おそらく四十前後ではなかろうか。

十六歳のシシィとはだいぶ離れているなぁ。

まぁ、意外と年の差カップルってうまくいくと聞くし、本人たちがいいのなら問題ないだろう。

しっかし、あの真面目なシシィがね～！

普段の生真面目な姿を知っているだけに、なんだかとってもウキウキしてくる。仕事の合間に逢《おう》瀬《せ》を重ねる二人……周りに秘密にしているのなら、きっとなかなか逢《あ》えないでいるんだわ！

……ハッ！　ここは、私が一肌脱ぐべきところなのでは⁉

私の脳裏に、天啓を受けたようにイナズマが走った。

前世で辣腕《らつわん》お見合いババアとして名を馳せた、コゼットさんの腕のみせどころがついにきた！

大好きなシシィと料理長が結婚したら私も嬉しいし！

私はそんな決意を胸に、スキップしながらその場を後にしたのだった。

――ドスン、ドスン

「あら？」

「どうかしたか？」

「いえ、なんだか重たい足音、いえ、お嬢様の足音がしたような……」

シシィは首を傾げてあたりを見回したが、木立に囲まれているため周囲の様子はわからなかった。

「お嬢様はこの裏庭には、はいられないんだろう？」

「はい。よく眺めてはいらっしゃいましたけれど……いつも浮かない顔をされていたので、きっとこの裏庭がお嫌いなんだと思います」

シシィの言葉に料理長はひとつ頷くと、先ほどまでの会話を再開した。

「きっと動物かなにかだろう。それより、お嬢様のお誕生日会のメインディッシュは……」

「そうですわね。ずいぶん大きそうですし、ボブじいに伝えておきますわ。メインディッシュはやはりお肉がよろしいかと存じます。脂の乗った」

重量感のある足音のことは忘れ、二人は本日の秘密会議の最重要項目、お嬢様の好物について真剣な話し合いを続けるのだった。


裏庭から抜け出してボブじいのところに行き、私はボブじいに相談することにした。

「かくかくしかじかで、シシィと料理長がうんぬんかんぬんなのよー。きっと料理長は年の差を気にして、シシィと結婚するのをためらっているんだと思うの！　ドラマでもそういうの、よくあったのよ！」

「ドラマー？」

「そうなのよ。だから、二人をばっちりくっつけたいんだけど、どうしたらいいかしら。ボブじい、なにかいい考えない？」

「そうダネー……僕の故郷では、『お見合い』とかをしてたネー」

「お見合い⁉」

お見合いというと、シシオドシがコーンといって、ご趣味は……というあれだろうか。

ていうかボブじいの出身ってどこなの。

「僕の故郷では、オトシゴロの男女がお見合いして愛を確かめ合うんダヨ！　巡り合った恋人たちは、素敵なダンスを踊るのさ！」

いや、もう文化の設定が全然想像つかない。洋風なの、それとも和風なの。

アルトリアでいうところの、夜な夜な行われているという大人の恋愛が発展する舞踏会のようなものだろうか。

「お見合い……でも、確かにいい手かもしれないわ！」

「ホントにー？　ヒャッハー！」

お見合いをセッティングして、二人の関係を公にすれば、料理長が一歩踏み出せるように手助けできるかもしれない。

前世ぶりのお見合い……なんだかワクワクしてきたわ！

それから私は、お見合いのセッティングに奔走《ほんそう》した。

サプライズにするつもりなので、コッソリ動くのが大変だった。二人に……特に私付きの侍女でいつも一緒にいるシシィにばれやしないかとひやひやしていたのだが、幸運なことにシシィもやけに忙しそうだったので、今のところは秘密にできている。

場所は我が家自慢のカレサーンスイ庭園に面したティールームがぴったりだったのでそこに決めた。

しかし私は気づいてしまった。

カレサーンスイ庭園には、ひとつ重要なものが欠けていることに……！

「お嬢サマー？　今日は何を作るんだい？」

「ボブじい！　今日は、『シシオドシ』を作ろうと思うの！」

私は手ごろな木を物色しながらそう宣言した。

しかし、お嬢サマーはやめてほしいなあ。なんか陽気な夏のラッパーみたいだよ。

「シシオドシってなんでーすカー？」

「シシオドシはね……お見合いのマストアイテムなのよ！　水がスーッとはいってカッコーン、ジョーッてなるのよ！」

腰に手を当てて説明をした私の前で、ボブじいはひとしきり頭をひねってから、降参するように両手を挙げた。

「ハハッ！　ぜんっぜんわからないね～！」

「あら。やっぱり外国語は難しいのね～」

「………ハハッ」

私は母国語だから感じないけれど、きっと外国の人にとってはアルトリア語って難しいんでしょうね。母国語でラッキーだったわね。

仕方がないので、ボブじいのために絵に描いて再度、説明した。

「んん～！　この筒は、木をくりぬいたらいいのカナ⁉」

「そうなのよ。本当は竹を使って作るのだけれど、竹がないから……ああ、お父様が早く竹を取り寄せてくださればいいのに……」

人生でこれほど竹を欲する機会がくるとは思ってもみなかった。前世で竹を欲することなんてあまりなかったし。あれね、きっと当たり前にありすぎて、有難《ありがた》みがなくなっていたのだわ！

「お嬢サマーは本当にタケが好きダネー」

「ええ、自分でもどうしてこんなに竹にこだわっているのか不思議なくらいよ。ところで、その『サマー』って伸ばさないでもらえないかしら。なんか夏っぽくて」

「りょうかーい！　お嬢サモア」

「サモア⁉」

もはや常夏《とこなつ》だ。


それからよさそうな木を発見し、二人で試行錯誤しながらシシオドシ製作に取り掛かった。

「よーし！　水を入れるわよ！」

ジョウロでちょろちょろと水をそそぐと、シシオドシがカコーン！　と……鳴らない。

「鳴らないね～」

「鳴らないわね～」

よく考えてみれば水で湿った木の上に、同じく水で湿った木があたっているのだ。そりゃあ鳴らないわ。

「やっぱり竹みたいに水が染み込まない素材じゃないとだめなのね……」

「お嬢サモア、そんなにガッカリしないで～」

「ええ、タロイモでもやけ食いしたい気分よ」

地面に手をついて脱力していると、ボブじいが慰めるように私の肩に手を置いた。見上げるとボブじいは優しい笑顔で親指を立て、サムズアップする。

「ボブじい！　なにかいい考えでもあるの⁉」

「任せて、お嬢サモア！」

「さすがボブじい！」

庭師として一流の、素晴らしい腕を持つボブじいだもの！　きっと私が考え付かないような、なにかいい考えがあるのね！

私は両手を組み、瞳をキラキラさせてボブじいを見上げた。

「掘ってくるよ！　タロイモ！」

「あるんだ……」

それじゃなああああい‼

結論から言えば、タロイモは美味しかった。……じゃなくて、いい音が出るシシオドシは作れなかった。

とても残念だが仕方がない。だが辣腕お見合いババアの矜持《きょうじ》にかけて、完璧なお見合いをセッティングしてみせる……！

ちょろちょろちょろ

「はい、カッコーーーン！」

コーーーン！

木で作ったシシオドシモドキに水を入れ、シーソーのように先端が下に下がったタイミングに合わせて、小気味いい効果音が鳴る。私の声に合わせてはち切れんばかりの筋肉を黒子《くろご》の衣装に包んだボブじいが、リズム良く拍子木《ひょうしぎ》を鳴らした。

「お嬢様、これ、なんですか……？」

「……」

カレサーンスイ前のティールームで、向かい合わせに座らせられたシシィと料理長が、そろって首をかしげる。

「いいからいいから。ほら、シシィ、リピートアフターミィ！　ご趣味は？」

「リピ……？　私、忙しいのですが……仕事が……」

「ゴシュミはー？」

コーーーン

「え、えっと……」

コーーーン

急かすようにボブじいが拍子木を打ち鳴らす。シシオドシ作りのときに余った材料で作ったのだが、ボブじいはたいそう気に入っているようで、何よりである。

「ご、ご趣味は……？」

「…………料理を、少々」

「はぁ……」

コーーーーン！

二人はそれきり固まってしまい、地蔵のように動かない。

ティールームを奇妙な沈黙が支配し、私は首を傾げた。

うーん。やっぱり、私にもまだ秘密にしたいとか？　少し寂しいけれど、まだ気持ちが固まっていないのなら、急かすべきじゃないのかしら……

「う、うんと、シシィは私付きになってはや二年……くらいかしら？」

「二年一ヶ月と二十三日と四時間半でございます、お嬢様」

「こまかっ！」

なんだろう、なんだか急にシシィが怖くなってきた。うん、あんまり考えないようにしよう。

「ま、まあ、それくらいなんだけれど、本当に良くできた子でねえ、いつも私のしたいことを察して先回りして準備してくれたり、私が起きた瞬間にいつも側に控えていてくれたり……そうそうこの間なんて、夜中にお手洗いに行きたくて起きたときにもすでに、枕元、に……」

あれ。シシィすごいっていうか、怖くね？　なんだろう、考えちゃいけない気がする。

ていうかシシィっていつ寝てるんだろう。

額《ひたい》にうっすらと汗をかきながら、ふと隣に目をやると、ボブじいが口に手をやってあわわ、というポーズをとっている。いつも血色のいい顔が真っ青だ。

料理長は……と視線を送ると、まったく動じずいつもの仏頂面《ぶっちょうづら》をしていた。さすがである。

「と、とにかくシシィは本当に素晴らしい女性なのよ！」

「お嬢様……！　私のことを、そこまで！　このシシィ、感無量でございます！　これまで以上に誠心誠意、ぴったりと寄り添ってお仕え致しますわ！」

「⁉　ハハッ⁉」

「そ、それはどうなのかなー？　ほら、やっぱりシシィにも、プライベートとか？　大事にしてほしいっていうか、ちょっとこわ……いや、ちがくてね」

「いいえ、このシシィ！　お嬢様の手となり足となり、全てをご理解していく所存です！」

まずい。シシィさんの目がおかしくなってきた。これは早急に料理長に引き取って……ゲフンゲフン。

「そそそういえば！　料理長もすごいのよね！　この間、国王陛下主催の料理コンクールで優勝したって聞いたわ！」

「……趣味で」

コンクール荒らしが趣味なのだろうか。料理は趣味ではなく本職なような気もするが。

「趣味がお仕事なんて、素晴らしいことね！　なんて幸せな人生なのかしら！」

「自分、不器用ですから……」

伝説の名台詞キターーーー！

「ケンさん⁉　……いや、なんでもなくってよ」

つまり、好きなこと以外はできないので仕事にしたということだろうか。前世で社畜と自分を卑下していた夫が知れば、羨ましさに泣き叫びそうである。

「しかも、また陛下の招聘を断ったんですって？　お父様が嬉しいような困ったような、変なお顔をされていたわ」

陛下は料理長の意思を重んじてくださっているそうだから、大事になるとかはないみたいだけれど。でも国王陛下付きの料理人なんて、ものすごい大出世なのに……どうしてそこまで我が家の料理長でいることにこだわるのかしら。まあ、私としてはそのほうがおいしい料理が食べられるから、万々歳なんだけど。

私が首を傾げていると、料理長はほんのり顔を赤くして、うっすらとダンディに微笑した。

笑ったの初めて見た‼　普段こわもての人が笑うとここまで破壊力が抜群だとは‼

「お嬢様の、笑顔が好きなので」

「え⁉」

「ハーッ⁉」

「くっ⁉」

固まる私の横から、何故かボブじいとシシィの悔し気な声が漏れている。

「わ、私なんて、お嬢様の寝顔を毎晩拝見してるんですからね！　昨夜なんか、よだれをたらしてグフグフ笑っていらして、それはそれは可愛かったんだから！　おねしょの回数だって知ってるし、おやつの隠し場所も……」

「僕は、毎朝お嬢様とお花を育てているんダカラネ！　お嬢様が欲しがると思って腹持ちのいい野菜も作ってるし！　タロイモだって二十個も食べてくれたんだから！」

「やめてえええ！」

私のために争わないで！　なんだかすごくダメージをくらってる気がする！

その後、何故か三人で『お嬢様トリビア』合戦になり、私は精神的に多大なダメージを負った。

そして当然ながら、お見合いは大失敗に終わったのだった……


「はあ……」

お見合い大作戦は失敗に終わり、私はトボトボと屋敷の廊下を歩いていた。

今日はシシィは朝から用事があるとかで、私のそばにはついていていない。

そのため、朝から庭などを散策していたのだが、先ほど両親に呼び出され、今はサンルームに向かっている最中だ。

それにしても、サンルームに何の用があるのかしら。

我が家のサンルームは食堂の隣にあるのだが、今はあまり季節の花が咲いていない庭に面しているので、最近は使われていなかった。

陽の光のさす昼間は暖かいし、置いてあるソファも可愛いからお気に入りの場所ではあるんだけどね。

「お父様、お母様。コゼットです」

サンルームへの扉を軽くノックする。

何故かここに来るまで屋敷の者がひとっこひとりいなかったが、みんな忙しいんだなあ。

「お父様？　お母様？」

返事がない。ただのシカバネ……なわけない。いくら待っても返事が返ってこないので、私は恐る恐る扉を開けてみることにした。


コオオーーーーーーン！　コンコンコンコオオーーーーーーーーン！

パチパチパチパチ！

「「コゼット！　誕生日おめでとう！」」

「「「お嬢様、お誕生日おめでとうございます！」」」

コーーン！

扉を開いたとたん、派手に打ち鳴らされる拍子木の音とともに、沢山の拍手に包まれた。

目を白黒させて見回すと、きらびやかに飾り付けられたサンルームには両親のほかに、シシィやボブじい、料理長など屋敷中の使用人たちも集まっており、みんな満面の笑みで拍手をしている。

「え……誕生日……？」

「ああ、おめでとう、私たちの大事なコゼット！　忘れていたのかい？　今日はお前の十一歳の誕生日だよ！」

「わ……忘れていました……」

前世で三十五を超えたあたりから年齢を数えなくなって、誕生日も意図的に忘れていた。それが今でも癖になっていたのかな。まったく忘れていた。

「さ、コゼット、こちらにいらっしゃい！　料理長が腕を振るってくれたのよ！」

お母様に促され、テーブルのお誕生日席に腰掛けると……目もくらむような光景が広がっていた。

広いテーブルの上に所狭しと並べられた、ごちそうの数々に、私はごくりとつばを飲み込んだ。

豪華に飾り付けられた七面鳥の丸焼きに、湯気を立てるローストビーフ。豪快に山になったマッシュポテト、いかにもほくほくしていそうなタロイモ、ステーキ、ムニエル、黄金色のオムレット！　そして極めつけは、天高くそびえ立つ、特大のケーキ！

ごちそうの、宝石箱やー！　もはやダイヤモンド鉱山クラスかもしれない。

でも、私にはダイエットが……いや、今日くらい……でも……

ごちそうを前にしながら私がプルプルと葛藤《かっとう》していると、お母様が優しく私の背を撫でた。

「ねえ、コゼット。貴女がいつも頑張っているのは知っているわ。でも、今日はお誕生日だから、ダイエットもお休みにしましょう？　『ダイエットは明日から！』でしょ？」

その言葉に、私はカッと目を見開いた。

「はい！　お母様！　ダイエットは、明日から！　ですわ！」

その言葉とともに、誕生日パーティーが開始された。

料理長の作ったごちそうの数々は、いつも通り……いや、いつも以上に素晴らしかった。

ぎゅうぎゅうに香草や野菜が詰められた七面鳥はヘルシーなうえにジューシィで、口の中で絶妙なハーモニィを作り出す。どんな魔法を使ったら、割とパサパサしがちな七面鳥がこんなにジューシィになるんだろうか。

ライス代わりにマッシュポテトをもぐもぐしながら考えていると、シシィがローストビーフを取り分けて持ってきてくれた。

「お嬢様、お誕生日おめでとうございます！　こちらも召し上がってください！　今日は料理長と考えた肉尽くしメニューなんですよ！」

「もぐもぐ。幸せすぎてダイエットがバカらしくなってきたわ……でもお肉は筋肉を作る源だから、もちろんいただくわ！」

う～ん、さすがシシィ！　私の好みを知り尽くしている。

料理長と相談してくれていたのか……もぐもぐ。


両親も使用人も、一緒になって美味しいごちそうを頬張るパーティーは最高だ。集まっている全員が、幸せそうな顔で笑っている。

身分にこだわる貴族たちの中には、いい顔をしない者もいるだろうが……我が家はお父様の方針で、美味しいものはみんなで頂くのが恒例なのだ。

本当にお父様って、なんて素敵なんだろう！

「それでは、お待ちかねのプレゼントタイムだ！　さあ、開けてくれ！」

プレゼント……？　どこにもないけれど……

キョロキョロと周りを見回しても、プレゼントの入っていそうな箱は見当たらない。

そのとき、お父様の合図を受けたボブじいが、サンルームにひかれていたカーテンをサアッと開いた。

「まあ……！」

カーテンが開かれると、まばゆい光が部屋に差し込み、色とりどりの花々や美しく紅葉する美しい庭が目に飛び込んできた。

秋の可憐な花々、赤や黄色に色づいた木々が絶妙に配置された庭は、サンルームのガラス窓に切り取られた、一幅の絵のように素晴らしい。

この間まで寂しかった庭が……何ということでしょう、素敵な秋庭に、大変身！

そして、庭の真ん中には、まさかの……竹が生えていた！

「まああ！　あれは竹⁉　これは夢なの⁉」

「そう‼　やっとタケが届いたんだよ！　気に入ってくれたかい？　それに、コゼットは東洋のモミジやイチョウが好きだって言っていたから、ついでに取り寄せたんだよ！」

「ええ、お父様！　とっても気に入りましたわ！　ボブじいが植えてくれたの？　二人とも、ありがとう！」

心の底から待ちかねていた、竹が手にはいるなんて！　植えてあるのは二、三株だけだけれど、竹はすぐに増えるから、次の春にはタケノコが食べられるかもしれないわね！　気が早いかしら⁉　フフッ！

すぐに着られなくなってしまうドレスや、たまにしか出番のない宝石なんかより、私にとってはずっと素敵なプレゼントだわ！　イチョウは銀杏《ぎんなん》もとれるし！

手を叩いて喜んでいると、お父様とボブじいも嬉しそうに笑っていた。

「ふふ、お母様からは、これよ！」

「まあ、なにかしら⁉」

お母様に手渡された包みを開けると、そこには赤地に金で装飾された、一冊のノートがはいっていた。

「日記帳よ。その日食べたものを書いていくと、ダイエットにいいのですって！」

「まさかの記録式ダイエット⁉」


サプライズ誕生日パーティーは夜更け過ぎまで続き、大盛り上がりだったのだが……

楽しいパーティーを終えた私は、日記帳に食べたものを書くうちに、摂取したカロリーを想像してのたうち回ったのであった。

悪役令嬢の取り巻きやめようと思います　1

＊本作は「小説家になろう」（http://syosetu.com/）に掲載されていた作品を、大幅に加筆修正したものとなります。
＊この作品はフィクションです。実在の人物・団体・事件・地名・名称等とは一切関係ありません。

2017年3月20日　第一刷発行

著者 ……………………………………………… 星窓ぽんきち

イラスト ……………………………………………… 加藤絵理子
発行者 ……………………………………………… 辻 政英
発行所 ……………………………… 株式会社フロンティアワークス
〒170-0013　東京都豊島区東池袋3-22-17
東池袋セントラルプレイス5F
営業　TEL 03-5957-1030　FAX 03-5957-1533
アリアンローズ編集部公式サイト　http://www.arianrose.jp
編集 ……………………………………………… 末廣聖深
フォーマットデザイン ……………………………… ウエダデザイン室
装丁デザイン ……………………… 鈴木 勉（BELL'S GRAPHICS）
印刷所 ……………………………… シナノ書籍印刷株式会社